我が家のヒミツ

奥田英朗

集英社文庫

我が家のヒミツ——目次

我が家のヒミツ

虫歯とピアニスト

1

　朝イチで電話をかけてきた患者は、「ゆうべから親知らずが痛くて我慢出来ないので、これから行ってもいいですか」と苦しげな声で訴えた。グリーン歯科医院は予約制なので、今日だと午後二時からでないと診察出来ない旨を告げると、「それでもいいです」と言うので、リストに名前を書き込んだ。

「お名前をフルネームでいただけますか」

「オオニシフミオと言います」

　その名前を聞いて、敦美《あつみ》はドキリとした。まさか、同姓同名だとは思うのだが……。

　しかし、午後二時五分前にやって来た患者は、ピアニストの大西文雄本人であった。敦美は何年も前からこのピアニストのファンだったのだ。うそ、こんなことあるんだと面食らい、ファンなんですと話しかけそうになったが、言葉をぐっと呑《の》み込《こ》み、何食わぬ顔で受付の仕事をこなした。

　三十一歳の小松崎《こまつざき》敦美は、東京は広尾の歯科医院に事務員として勤務していた。歯科医一人、歯科衛生士一人、そして敦美という陣容の個人医院だ。結婚を機に大手の信販会社を退職し、しばらく専業主婦をしていたが、なかなか子供を授からないので、再び働くことにして、知人のつてをたどって見つけた仕事である。前が規則だらけの窮屈な会社だったので、伸び伸びと働くことが出来た。歯科医は緑川《みどりかわ》という三十五歳のアニメオタクで、女が苦手なのか向こうからは近寄って来ない。その分気を遣わずに済むから毎日が楽チンなのだ。

大西さんは初診なので、規定の問診票に住所などのデータを書き入れてもらった。クリップボードを膝に置き、背中を丸めてペンを動かす仕草が不器用そうで、思った通りだと敦美はうれしくなった。

大西さんは音楽雑誌でエッセイも書くが、自分の失敗談を面白おかしく書いたものが多く、気取らない人柄が敦美は大好きだった。五十に近い中年で、ハンサムでもないのに女性ファンが多いのは、きっと安心できるからだろう。酒の席、酔った勢いで頭をパシンと叩《たた》いても、大西さんは怒らない気がする。仮に怒ったとしても、簡単になだめられそうな気がする。

問診票を回収し、「もうしばらくお待ちください」と椅子で待ってもらい、敦美は受付カウンターの中で用紙を見た。小学生みたいな字だった。思わず頬が緩む。大西さんのファンがどれだけいるか知らないが、この事実を自分は知っていると思ったら、小さな優越感を覚えた。

職業欄には「音楽家」ではなく、「自由業」と書いてあった。こんなところも大西さんらしい。以前、「作家」を名乗る横柄な患者がいて、その威張りっぷりに閉口したことがあった。ネットで調べたら、確かに名のある文学賞を近年受賞した作家だった。しかし、小説に興味のない人間にとってはただのその辺の人である。

大西さんはきっとそういうことがわかっているのだ。クラシックの演奏家なんて、ファンの輪から離れると恐ろしいほど世間の認知度は低い。世間の有名人は、テレビに出る人だ。大西さんはシャイなのか、偏屈なのか、あまりメディアには出て来ない。クラシック愛好家なら誰でも知っている有名ピアニストが、ステージ以外では一般人として普通に振る舞う。そういう自意識から解放された姿がいいなと敦美は思うのである。

カウンターから表情を盗み見ると、親知らずが痛いらしく、手で頬を押さえ、しかめっ面をしていた。気の毒なのに、つい可愛《かわい》いと思ってしまった。

診察前に歯のレントゲンを撮る準備をするよう先生から指示が来て、敦美は大西さんを奥の部屋へと案内した。機械の前に立ってもらい、鉛のエプロンを首に巻く。巻《ま》き易《やす》いよう、大西さんが軽く腰を落としてくれた。身長は一七〇センチくらいだろうか。ステージで見るより、実物は案外と小柄だ。

うわっ、大接近。自分の化粧の匂いは大丈夫だろうかと、敦美は少し気持ちが上ずった。

チンレストに顎を載せて固定すると、「何、何」と声を発し、大西さんは少し怖がった。

「カメラが三六〇度回転します。そのままじっとしていてください」

「こういう機械があるんだ」

「歯科医院は久しぶりですか？」

「十五年ぶりくらいかなあ。虫歯にならなきゃ来ないでしょう」

「じゃあ、歯石が溜《た》まってますね」

「うん、そうね、きっと。やだなあ」

大西さんと会話を交わす。ふうん、こんな声なんだ。素顔の演奏家と接する機会などまずないことなので、すべてが発見である。

敦美にはレントゲン撮影の資格がないので、ここで緑川先生にバトンタッチしてあとの作業を頼む。撮影が済むと、大西さんを診察台に連れて行き、現像を待ちながら緑川先生との会話に聞き耳を立てる。

「じゃあ診てみますね。口を開けて……。ちょっと、大西さん、この汚れはハンパじゃないですねえ。これを放置すると、歯周病になっちゃいますよ」

緑川先生がいつもの脅《おど》し文句を言った。

「歯茎も弱ってますね。はっきり申し上げて、毎日のブラッシングが足りないと思います。はい、口をゆすいでください」

「先生、親知らずの方は……」

「虫歯になってます。隣の歯にもうつっちゃってますね。おーい、小松崎さん。レントゲン写真は上がってる？」

「はい、ただいま」

敦美は、現像されたばかりのレントゲン写真を緑川先生に届けた。ついでに一緒にのぞき込む。右下の親知らずが斜めに生えていて、隣の歯を圧迫していた。しかも歯の大半は埋まっている。これは口腔《こうくう》外科手術だと敦美でもわかった。

緑川先生も同じ所見で、「これはうちでは抜けないなあ」とむずかしい顔をした。大西さんは不安そうだ。

「大学病院の口腔外科を紹介します。紹介状はあとで書いて渡します。予約もうちで取りますから、スケジュール調整をしましょう。大西さん、ダメな日はありますか？」

「いや、合わせますから、わたしとしては一刻も早く……」

「わかりました。小松崎さん、電話で向こうのスケジュールを聞いてみて」

「はい、わかりました」

敦美は受付カウンターに急いで戻り、大学病院に電話をした。先方の先生につないでもらう。その間、緑川先生と大西さんが会話を交わしていた。

「親知らずを抜くと二日間ほど頬が腫れますが、人前に出るようなことはありますか？」

「まあ、出るときは出ますけど……」

「抜糸までは運動を控えてもらうことになりますけど、激しく体を動かしたりとか、歯を食いしばったりとか、そういうことはないですよね」

「いや、最近はあまり……」

大西さんは答えるのも辛《つら》そうだ。

そうだ、大西さんの公演スケジュールはどうなっているのだろう。毎年桜のシーズンは、その北上に合わせるかのように全国ツアーをしているが、今はまさにそのシーズンだ。

病院に問い合わせると、明後日の午前十時なら手術出来るという受諾の回答が得られた。よかった。二日我慢すればいいだけだ。

その旨を告げに行くと、大西さんはしばし考え込んだのち「わかりました」と暗い顔で言った。

「鎮痛剤を出しますから大丈夫ですよ」

緑川先生が笑顔で慰める。初診はこれで終わりとなった。

会計のとき、病院へ持参する紹介状と薬を手渡す際に見たら、大西さんは女のような小さい手をしていた。そう言えば、指が短くて苦労したとエッセイで読んだことがある。ボサボサ頭で、スウェットパーカーにジーンズ姿。身なりには気を遣わない感じだが、スニーカーがヴィンテージっぽいスタンスミスなので、判断に窮するところである。

「お大事に」

敦美が微笑《ほほえ》んで言うと、大西さんは「へ」としか聞こえない情けない返事をし、会釈して帰っていった。

うしろ姿を見送りながら、心が弾んだ。ファンだった大西さんに会えた。人生、ときにはいいこともある。きっと神様は小さなプレゼントをしてくれたのだ。敦美はそう思うことにした。

パソコンに大西さんのデータを打ち込む。住所はグリーン歯科医院から歩いて三分のマンションだった。場所も知っている。レンガ造りの古いけど頑丈そうな建物だ。いかにも大西さんらしいアンティーク趣味だと思った。家族欄は空白。バツイチで独身だということは前から知っている。今夜は晩御飯どうするのかな。余計な心配をした。

持病の欄には逆流性食道炎と記してあった。そうだ、以前エッセイで「いよいよ自分も病気持ちである」と自虐気味に書いていた。よしよし、正直に申告してるな――。敦美はそんな小さなことまでうれしくなった。

その日、家に帰ると、まずはインターネットで大西さんの公演スケジュールを調べた。マネージメントをしている音楽事務所のホームページを見ればすぐにわかる。

やはり全国ツアーの最中で、九州から北上し、今は関東圏を回っているところだった。今日と明日は休みだが、明後日は日比谷でコンサートがある。うそ、手術したその夜ではないか——。敦美は驚いた。いったい大西さんはどうするつもりなのか。公演はキャンセルするのだろうか。

続いて会場のホームページをのぞいたら、午後五時からバルコニー席の当日券を僅少枚数発売するとの告知があった。仕事を早引けしてでも聴いてみたい。

ファンと言いつつ、ここ最近コンサートはずっとご無沙汰していた。夫の孝明《たかあき》は音楽にまるで関心がなく、一緒に聴きに行っても半分は舟を漕《こ》いでいるので、誘うのをやめた。女のクラシック友だちも昔はいたが、みんな結婚して家庭を築くと疎遠になった。大西さんの演奏会にしても、もう二年以上足を運んでいない。

行きたいが、急な早引けは無理なので諦めた。調べると土曜日の午後、八王子でコンサートがあり、こちらも少し残席があるようだ。たまには一人で聴きに行くのもいい。どうせ孝明は休日出勤か同業者同士の勉強会だろう。

敦美は行くことにした。そう決めたら無性《むしょう》に大西さんのピアノが聴きたくなり、部屋のミニコンポでCDをかけた。ドメニコ・スカルラッティ作曲のソナタ集だ。一曲目から明るいタッチと踊るような愉悦に満ちた演奏が流れる。口うるさい評論家からは、「大西文雄はかつての情念を失った」と酷評されることもあるが、敦美は今の大西さんのピアノが好きだった。あくまでも基本を守り、楽譜に書いてある通りのことを忠実に弾く。この気負いのなさが、今の敦美には心地よいのだ。

音楽を流しながら晩御飯の支度をしていたら、孝明からメールが届いた。どうせ残業で遅くなるという旨だろうと思って見たら、その通りだった。平日、家で一緒に夕食をとることは滅多にない。

孝明は一級建築士で、有名な建築家の事務所に勤務している。三十五歳までに独立して、四十歳までに自分の家を建てるのが彼の目標だ。孝明とは二十四歳のときに知人の紹介で知り合い、三年間付き合って結婚した。大恋愛の末、というわけではないが、気が合いそうというのはすぐにわかったし、夫婦になったのはごく自然な流れだった。派手なことを嫌う性格など、双子のように似ている。

夕食はエビフライとメンチカツを揚げた。あとはポテトサラダ。孝明の分も取ってあるが、食べて帰ってきたら、明日の弁当のおかずにするつもりだ。

テーブルにつき、クラシックを聴きながら晩御飯を一人で食べた。目の前の壁には、家の間取り図を入れた額が何枚か掛けてある。

孝明は結婚以来、三ヶ月に一度のペースで、自分が建てる理想の家の間取り図とデザイン画を描いてきた。それに敦美が講評を加え、夫婦で夢を語る楽しい時間となっていた。その中の出来のいいものが、額に入れて飾ってある。

ただしここ一年ほど、孝明は間取り図を描いていない。その理由を敦美はわかっている。どうやら自分たち夫婦には子供が出来そうにないと、薄《う》っすら感じ始めたからだ。そうなると、「ここを子供部屋にして、二人目が生まれたら仕切りを入れて……」というプランが立てられなくなる。子供のことについては、あまり触れたくないのが、今のお互いの心境なのだ。

この額、外そうかな——。敦美は胸の中でつぶやいた。何か絵を買ってきて、部屋の模様替えをしたかったとか、そういう理由をつけて外せば、孝明は何も言わないだろう。きっかけがないだけなのだ。

敦美はふっと吐息をついた。

2

二日後の午後、大西さんが頬を腫らしてグリーン歯科医院に姿を現した。大学病院の口腔外科で親知らずを抜歯し、その足で診察にやって来たのだ。

敦美はその顔を見るなり、思わず椅子から立ち上がってしまった。

「痛かったですか？」

「ううん。抜くときは麻酔が効いてるからなんでもないけど、今はそれが切れかかって
て、少しずつジンジン来てる感じかな」

大西さんは眉を八の字にして、小さな声で言った。口を開けるのが辛いのだろう。

「病院で処方された鎮痛剤と化膿《かのう》止めの薬はもう飲みましたか？」

「ううん。まだだけど」

「じゃあ水を持ってきますから、この場で飲まれてはいかがですか。それで、診察まで
十五分ほどお待ちください」

「わかりました」

大西さんは、敦美が用意したコップの水で鎮痛剤を飲むと、エントランスの鏡に自分
の顔を映し、ぎょっとしていた。

「ねえ、これってすぐに引くの？」

敦美の方へ振り返り、心配そうに聞く。

「しばらくは腫れると思いますけど……」

「しばらくっていつまで？」

「さあ、そこまでは……」敦美は返事に詰まった。これればかりは個人差があるのだ。

「あのう……」気になることを聞いてみた。

「今日はこれからお仕事ですか？」

「うん。そうだけど」

大西さんがうなずく。今夜の公演は予定通り行うらしい。プログラムは確かムソルグスキー作曲『展覧会の絵』のはずだ。あんな大作を、親知らずを抜いたばかりで大丈夫だろうか。

その後、緑川先生の診察があったが、抜いた箇所が予想以上に腫れ上がっているので、隣の歯の虫歯箇所を確認することが出来なかった。

「抜糸もあるから、しばらく通ってくださいね。もう急を要することはないので、都合のいいときでいいですから」

「はあ……」

大西さんが元気なく返事する。

「この際だから、ついでにホワイトニングもしてはどうですかね。大西さん、お仕事は何でしたっけ」

「ええと、自由業ですけどね」

「家でする仕事？」

「家でもするし……、外でもするし……」

「じゃあやりましょうよ。白い歯で微笑めば、印象もよくなりますよ」

先生がしきりに勧める。今の歯科医院はインプラントと審美治療をやらないと儲《もう》からないので、歯科医師といえども営業トークもするのだ。

「若い女の子にモテるかな」と大西さん。仕方なく冗談で付き合っている感じである。

「モテモテですよ」

「じゃあ気晴らしにやってもいいかな」

「やりましょう。ではこちらでプランを作成して見積もりを出します」

あっさりと商談が成立する。大西さんは流されるタイプだなあと敦美はおかしくなった。エッセイでも、海外公演のとき、断れなくてくだらない土産物を買わされる話が何度も出てくる。

でも、いい話である。審美治療は時間をかけるから、当分大西さんが通ってくれる。敦美は、いつか折を見て「ファンです」と言いたいのだ。聞いてみたいことがたくさんある。

大西さんは、二十代の頃はとても尖《とが》っていた。タキシードの正装を嫌い、ぶかぶかのスーツをラフに着込み、首にはマフラーを巻いてステージに立った。演奏も大胆でふてぶてしくて、ひとことで言って異端児だった。スタッカート奏法も相まって「日本のグレン・グールド」とも称され、玄人筋の受けも悪くなかったようだ。

その頃、女優と結婚して一般マスコミの注目も浴びた。敦美は小学生だったがかすかに憶《おぼ》えている。自分がピアノを習っていたからだ。へえ、こんな人がいるんだと思ったものだ。でも強く記憶に残っているのは、その結婚がすぐに破綻し、相手の女優が「退屈な人」とコメントして話題になったことだ。しばらく大西さんには「退屈な人」のレッテルが貼られていた。

大西さんは、三十代になるとウィーンに移住し、日本から姿を消した。ファンの間では空白の十年と言われている。その間、何をしていたかは不明で、自分でも多くを語らない。ピアノにまったく触れない期間もあったらしい。

大西さんは四十歳になって日本に帰ってきた。そして変わった。ギラギラした部分が消え、脂が抜けたような印象を周囲に与えた。スタッカート奏法も抑え気味になり、レガートでよく弾くようになった。全体にシンプルでおとなしくなったのだ。

評論家からは「大鹿が角を落として帰ってきた」とか「個性のない死んだような演奏」と酷評されたが、大西さんはどこ吹く風で、マイペースを通した。敦美が大西さんのピアノを聴いたのは、このときだ。

敦美は五歳から母親の言いつけでピアノを習い始めたが、ついた先生がどれも厳しかったせいで、あまり楽しく思うことはなかった。友だちが外で遊んでいるときに、自分だけレッスンに通わされるのは、いつも気持ちを暗くさせた。中三でとうとういやになり、反抗期もあってピアノをやめてしまった。それまで毎日三時間も練習していたのだから、挫折感も大きい。その反動としてクラシック音楽まで嫌いになった。

変わったのは、社会人になってからだ。就職した信販会社が公演スポンサーになることが多かったので、コンサートのチケットが回ってくるようになった。その中にカムバックした大西さんのソロ演奏会があった。暇だったし、懐かしい名前だったので、何気なく聴きに行ったところ、敦美は一夜にして心を奪われた。

大西さんの奏でるピアノが、実に心地よかったのである。確かにシンプルだが、むずかしいことをしない態度がいいのである。まるで無色透明を目指しているのではないかと思わせる色合いのなさ。何も狙わず、雄弁さとは対極にある静けさ。こういう表現方法もあるのかと目から鱗《うろこ》が落ちた。

以来、敦美はまたピアノが好きになった。だから大西さんには感謝したいのだ。

診察を終えて、大西さんが会計にやって来た。抜糸の日時を決めなくてはならない。敦美は大西さんのスケジュールを頭に入れてあった。来週は大宮と水戸でコンサートがある。だからその日を避けて……。

「水曜日の午前十時はいかがですか？」

敦美が問うと、大西さんは二秒ほどカレンダーを見つめ、「はい、いいです」と答えた。ささやかなマネージャー気分である。

「鎮痛剤を飲んで、今日のお仕事、頑張ってくださいね」

「あ、ええ……うん」

大西さんは一瞬、鳩《はと》が豆鉄砲を食らったような顔をしたが、すぐに笑みを浮かべ、うなずいた。

土曜日は八王子に行きますからね、と言いたかったがさすがに自重した。いきなり驚かせたくないし、今は誰にも知らせず一人でこのシチュエーションを楽しんでいたいのだ。

「お大事に」

「はい、ありがとう」

大西さんが腫れた頬を押さえて帰っていく。窓の外では並木の桜が満開だった。

その夜は、大西さんのコンサートが気になって、何をしていても上の空だった。一人の夕食を終えると、ソファに寝転がり、ずっと考え事ばかりしている。

果たして鎮痛剤は効いているだろうか。抗生物質も服用しているので、もしかしたら眠気に襲われるかもしれない。お客さんには言い訳できないから、耐えて頑張るしかない。

ツイッターを検索したら、《これから大西文雄のコンサート》というツイートがいくつかあった。同好の士がいてうれしくなる。大西さんのファンは忠誠度が高いのだ。

そのとき電話が鳴った。孝明の姉からだ。弟に用事なら、直接携帯にかけるはずだ。つまりこれは敦美に用があるということで、いい話ではないなと直感した。

果たして義姉の声は明るさのないものだった。

「わたし、こういうの、個人的には反対だから気が重いんだけど、事前に知らせておいた方が、敦美さんも気持ちの準備が出来ていいんじゃないかと思って、それで電話したんだけど……」

何やら持って回った言い方をした。

「埼玉の母がね、いつまでも子供が出来ないのを、そのままにしておくのはいけないから、一度病院で診てもらったらどうかって——。もちろん敦美さんだけじゃなくて、孝明もよ。それでどちらかに原因があるなら、治療するなりした方がいいんじゃないかって、母がそう言うのよ。わたしは、そういうのは夫婦の問題だから、いくら親でも口出しは出来ないんだよって諌《いさ》めるんだけど、母は内孫を抱きたい一心だから、そんな大事なことを当人たちだけで決めるのは身勝手だとか、そういうことを言い出すの。まったくどっちが身勝手だって言いたいんだけど、ほら、あの年代の人間って、まだ封建主義的なところが残ってて、言ったたって聞かないのよね。ごめんね、敦美さん。こんな不愉快な話を聞かせて」

「いいえ。そんなこと……」

敦美は気持ちが一気に沈み込んだ。いつか来るだろうと空気は察していたが、今夜だったか。

「孝明に言っても、どうせあの子は機嫌を悪くするだけで、何もしないだろうし。もちろんそれでもいいんだけど、母はもう病院を探し始めてるみたいで、今にも敦美さんに切り出しそうな雰囲気があるから、そのときショックを受けないようにと思って……」

「そうですか。ありがとうございます」

義姉は子供を二人産んで専業主婦をしていた。穏やかで、常識的で、プライバシーにも気を配るいい人だ。厭味《いやみ》な義姉じゃなくてよかったと、心から思っている。

「本当にごめんなさい。子供のことって、夫婦のいちばん根源的な問題で、それに他人が口出し出来るわけがないじゃない。そういうのが母にはわからないのよ」

「でも、お義母《かあ》さんは他人じゃないですから」

「ううん。自分が産むわけじゃないから、この場合、夫婦以外は全員他人。もし母が変なことを言ったら、わたし一緒に怒るから、そのときはわたしにも教えてね。孝明、家のことになるとイマイチ頼りないから」

「ふふ」

敦美は苦笑した。確かに孝明は、異様に恥ずかしがりのせいか、ちゃんと物を言わない。プロポーズだってメールだったのだ。

電話が終わると、いよいよ何もする気が起きなくなり、天井を見ながら立て続けにため息をついた。親はいずこも同じだ。自分の母親も、娘に子供が授からないことをずっと気にしている。口にはしないが態度でわかる。実家で一緒にテレビを観《み》ているとき、赤ん坊が出て来るだけで、ぎこちなく黙るのだ。もしかして、嫁ぎ先の親に申し訳ないとでも思っているのだろうか。

スマートフォンでツイッターをチェックする。大西さんのコンサートについてのツイートが二、三アップされていた。

《今夜はなんか鬼気迫ってた。どうしたの大西さん。歯を食いしばる大西さんを久し振りに見ました》

「あはは」憂鬱な気分なのに、笑ってしまった。

《こんなにドラマチックな「キエフの大門」を聴いたのは初めて。大西さんブラボー》

そうか、今夜は『展覧会の絵』だった。行きたかったなあ――。大西さんが歯の痛みをこらえてピアノに向かっている姿を想像した。どんな顔でステージに立ったのか。頬の腫れは少しくらい引いたのだろうか。

敦美は少しだけ気持ちを持ち直した。考えても仕方がないことは考えない。もっとも、それが出来れば誰も悩まないのだけれど。

今夜もＣＤで大西さんのピアノを聴くことにした。

3

土曜日の午後、八王子まで中央線に乗って大西さんのコンサートを聴きに行った。後方の席だが、チケットも入手済みだ。

一応孝明を誘ってみたが、施主との打ち合わせがあるとのことだった。一人で行きたかったから丁度いい。

プログラムはドビュッシー、ラヴェル、ムソルグスキーなど。久し振りなので、朝から興奮状態である。

早めに会場に着いてしまったので、ロビーに併設されているカフェでコーヒーを飲んだ。この会場にいるのは全員、大西さんのファンである。

周囲の人々を眺めまわし、客層の幅広さに改めて感心した。基本は女性ファンだが、中学生からお年寄りまでいる。共通するのは、みんなカジュアルな服装で、全体にリラックスムードが漂っているところだ。

クラシック愛好家には一家言ある人がやたらと多くて、ときとして緊張を強《し》いられる。誰かがちょっとでも的外れなことを言おうものなら、一斉攻撃されることになっている。

ネットのクラシック関連の掲示板など、それは恐ろしい世界で、敦美は絶対に近寄らないようにしていた。

大西さんのファンにはそういうところがない。本人が気取らないから、ファンもスノビッシュじゃないのだ。

敦美は改めて、何故自分が大西さんのピアノに惹《ひ》かれるかを考えた。

まず大上段に構えない。若い頃は過剰だった表現が、カムバック後には水が流れるように自然になった。まるで目立つことを嫌っているかのような素っ気なさが好きなのである。

そして余計な作品解釈をしない。不純物を排し、ひたすら理性を通すところなど、面白みに欠けるとの指摘もあるが、大西さんの、作品から一歩引いた姿勢に、奥ゆかしさというより、とぼけた匂いが感じ取れて、ついクスリとしてしまう。

要するに、大西さんのピアノは大袈裟《おおげさ》じゃないのだ。おれがおれが、という部分が少しもない。芸術家でありながらこの希薄な自意識は何なのかと、その意外性にファンは惹かれるのだ。

時間が来て、客がぞろぞろとホールに入る。敦美も続いた。座席について、みなが咳《せき》払《ばら》いをする。定刻通り、大西さんがステージに姿を見せ、観客は盛大な拍手で迎えた。

敦美はバッグからオペラグラスを取り出し、その顔を見た。

頬は腫れていなかった。よしよし。もう出血はありませんか。来週は抜糸ですから、それまで血が昇るような動作は避けてくださいね。演奏中に頭を激しく前後に振るとか、歯を食いしばって鍵盤を叩くとか。心の中で話しかける。

この会場で、大西さんが親知らずを抜いた件を知っているのは自分だけだと思ったら、なんだかうれしかった。

演奏は素晴らしかった。こんなに無垢《むく》でナチュラルな『展覧会の絵』を聴いたのは初めてだった。タッチは柔らかく、全体の流れが心地よい。ブラボー。心の中で快哉《かいさい》を叫んだ。これは癖になりそう。土日を利用して、地方まで追いかけてしまいそうだ。

公演が終わると、ロビーにはファンの行列が出来た。CDを買った人だけがこの場でサインをしてもらえるのだ。大西さんはエッセイで、「レコード会社に頼まれてやってるが買わなくてもよろしい」と書いていたが、半分は照れだろう。その証拠に、姿を見せた大西さんは若い女性ファンに囲まれて目尻を下げている。

敦美もCDを買って列に並ぼうかと思った。そして自分の番が来たとき、「親知らずを抜いた後の経過は良好ですか?」と聞くのだ。大西さんはびっくりして敦美の顔を見ることだろう。「え、うそ。どうして?」と、軽いパニックに陥るかもしれない。

しかし、五分ほど迷ってやめた。万が一、大西さんが気分を害したら、次に来院したときどんな顔をして迎えていいかわからない。人間、誰にだって見られたくない姿がある。頬を腫らして弱り切ったときの大西さんを、自分は見ているのだ。少なくともこの場では遠慮したほうがいい。

大西さんは、テーブルに向かって一生懸命CDにサインをしていた。どんなサインをするのか気になって首を伸ばして見たら、横文字で書いていた。なるほど、海外生活が長いし、ヨーロッパにだってファンはいる。

いや、子供みたいな字が恥ずかしいからだ。敦美は勝手に想像して微笑んだ。なんだか自分は大西さんをオモチャにして遊んでいる。

来てよかったと思った。心の中のモヤモヤが半分は吹き飛んだ。

夜は孝明と二人、家で晩御飯を食べた。料理を作る時間がなくて、デパ地下で買ってきた惣菜《そうざい》を並べただけだが、孝明は不満そうな素振りひとつ見せなかった。だいいちおいしいから、文句のつけようがない。エビマヨの海老などプリプリだ。

「来週の土曜日、予定ある？」孝明が食べながら聞いた。

「ううん、今のところはないけど」

「お袋が、埼玉の家で一緒に食事をしようって言ってるんだけど」

「うん、いいわよ」

敦美は何食わぬ顔で答えた。内心は、いよいよ来たか、である。額にじわりと汗が浮かんだ。

「おれは面倒臭いなあ。休みが取れるのなら、一日寝ていたい」

孝明はそう言って顔をしかめた。彼は、元々親とは距離を置きたいタイプの人間だった。口では言わないが、長男であることを負担に思っているようだ。

「だったら断れば？」

「どういう理由にしよう。先輩の新居披露パーティーがあって、夫婦でお呼ばれに行くとか」

「それって前に使わなかったっけ」

「そっか。じゃあ、君の友だちの結婚式」

「それだったら、ずっと前にわかってることじゃない。うそだってすぐばれる」

「うん、まあ、そうだけど……。君も何かアイデア出してよ」

「親子の縁を切る」

敦美が巻き寿司を頬張りながら言った。

「凄《すご》いこと言うね」

「冗談よ。あなた、実家に帰るの、いつもいやそうだから言ってみただけ」

「いやってことは……。ただ帰ってもやることないし、親父の相手は疲れるし……」

敦美は、子供がいたらいいんだけどね、と言いそうになって口をつぐんだ。子供がいれば、わずらわしいことすべてが片付きそうな気がする。どちらの親も、本心は孫を抱きたいことだろう。

しばらく会話が途切れた。お互い考えていることが手に取るようにわかった。

ただし、考えていることはわかっても、内容まではわからなかった。強く子供が欲しいのか、出来れば欲しいのか、授からなければそれでもいいのか。孝明が自分から意思を示したことはない。

夫婦なんだし、聞けばいいのかもしれないが、なかなか踏み込めなかった。もしも、彼が強く子供を欲していて、原因が敦美にあったとしたら、敦美は離婚を申し出るだろう。自分はそういう性格だ。誰かの負担になりたくない。

そして敦美自身はといえば、結婚した当初は子供が欲しかったが、どうやら授かりそうにないと感じ始めてからは、徐々にその気持ちが薄まり、子供がいなくても仕方がないかと思うようになった。

だいたいが淡白な人間なのだ。何かに執着することはない。勇猛果敢に自分の人生を切り開くという発想もとくにない。諦めのよさはオギャアと生まれたときからだ。

「次の土曜日、おれだけ行くわ」孝明が唐突に言った。

「どういうこと？」

「君は例のピアニストのコンサートに行けばいいじゃん。追っかけるんでしょ？」

「いやよ。嫁だけ欠席して、お義母さん、何て思うのよ」

「適当に言い訳しておくけど」

「わたしが行くと不都合でもあるわけ」

「ううん。ないけど」

孝明が目を合わせないでかぶりを振る。何か隠し事でもしているのか。それとも、母親が何か言いそうなのを察して、敦美と会わせないようにしているのか。

「そのコンサート、今度おれも連れてってよ」孝明が話題を変えた。

「いいよ。でも寝ないでね」

「寝ないさ」

「前に寝たことあったじゃない」

「あれは疲れてるときだったから」

「じゃあ、疲れてないときに誘う」

「うん、そうだね」苦笑いしている。

孝明は食事を終えると、映画のＤＶＤを観ながらウイスキーのソーダ割りを飲んだ。敦美はそのままダイニングテーブルで読書をした。別々に時間を過ごすことが、いつの間にか当たり前になってしまった。これも子供がいないからだろう。

その夜は、考え事をしてうまく寝つけなかった。隣の孝明も寝つけないのか、何度も寝返りを打っていた。

水曜日、大西さんが抜糸にやって来た。ブラボー！　土曜日は楽しかったですよ。心の中で話しかける。もはや大西さんは敦美の精神安定剤だ。

「お変わりありませんでしたか」

「歯を抜いてから三日間ぐらいは、調子が悪かったけど、それを過ぎたら元に戻ったかな。今は大丈夫」

大西さんは顔色がよかった。無精ひげを生やしているが、今日は公演がないからで、髪も寝癖がついたままだ。

「お仕事に支障はありませんでしたか」

「そうねえ、気合いで乗り切ったってところかな」

「ひとつ聞いていいですか」

「うん、何？」

「大西さんの三十代は、どんな十年間でしたか」

親しい間柄にでもなった気がして、敦美はとんでもないことを聞いてしまった。大西さんは突然のことにきょとんとしている。

「すいません。患者さんに馬鹿なことを聞いて。わたし、今三十一歳でいろいろ迷う年頃なんです」

敦美はしどろもどろになり、赤面して謝った。

「ぼくの三十代は、寝てたけどね」

でも大西さんは答えてくれた。

「寝てたんですか」

「それはたとえだけど、少し蓄えがあったから、出来るだけ無為に時を過ごしていたことは事実」

「どうしてそうしようと思ったんですか？」

「そうねえ……、大袈裟な二十代を過ごしたから、その反動かなあ」

大西さんが遠い目をして言った。

「大袈裟な二十代？」

「そう。みんな若いときは自分の人生を大袈裟に考えるじゃない。過大評価もいいところなんだけどさ。ぼくもそうだった。自分の人生は有意義で輝いていないといけないと思い込んでた。でも実は地味な性格で、そのギャップに少し苦しんでた。そういう考え方が、十年間ブラブラしてたら変わった」

「どんなふうにですか？」

「人間なんて、呼吸をしてるだけで奇跡だろうって。ましてや服を着て、食事をして、恋をして、ピアノを弾いて――」大西さんが思わずピアノと言い、そこで言葉を止め、敦美を見た。「君、何の話をさせるのよ」

「すいません。すぐに準備します」

敦美は恐縮して診察室へと走った。まったく自分は何を言い出すのだ。でも、いい話を聞けた。人間は呼吸をしてるだけで奇跡、か。まったくその通りだ。それ以上のことは、みんなオマケみたいなものじゃないか。

心が急に温かくなった。大西さんにはもう少し通ってもらわねば。

4

気にしているせいか、不妊に悩む夫婦の話題が目に付くようになった。今朝も新聞を広げたら、いたずらに人の不安ばかり煽《あお》るグラフ週刊誌の広告に《不妊治療最前線　それでも子供が欲しい夫婦たち》の見出しを見つけ、憂鬱になった。通常なら無視するところだが、この週刊誌はグリーン歯科医院の待合室に置く定期購読誌なのだ。それも自分が買いに行かされる。

読みたくないのに、目の前にあるので、つい手に取ってしまった。時間が空いたとき、受付カウンターの中でページをめくる。見出しに比べ、記事は取材を基にしたニュートラルなものだった。あらゆる可能性にすがる夫婦を、否定も肯定もしていない。ただ、やはり敦美は違和感を覚えた。医学が発達していなかった三十年前なら、誰もが普通に諦めていたことなのである。可能性があっても、自分にその情熱はない。

敦美は一〇〇パーセント自然でいたいのだ。子供が産めないからといって、誰かに対して申し訳なく思うこともない。いったい誰に責める権利があるというのか。プレッシャーがあるとしたら社会が悪い。

そして敦美は、どうしても子供が欲しいと奔走する人たちの意思は尊重しつつ、自分とは種類がちがうなあと距離感を覚えるのも事実だった。

大西さん流に言うならば、人生を大袈裟に考えなければ、ほとんどのことは諦めがつくのだ。それを悲劇ととらえる人と、運命と思って受け入れる人の差は、心の中のスイッチひとつでしかない。

勇気に欠けるのかもしれない。臆病なのは事実だ。でもそれで結構。わたしはしあわせだ。自分たちの物差しで、他人の人生を判定しないで欲しい。わたしはそのままでいたいだけだ――。

敦美は読み終えると、週刊誌を脇のゴミ箱に投げ入れた。おっといけない。医院の備品だ。慌てて取り出し、マガジンラックに差しておいた。

土曜日の午後は、大西さんのコンサートに一人で行った。孝明が「来なくてもいいよ」と言うので、埼玉の実家で晩御飯を食べる件はパスした。理由は孝明が適当に付けてくれるだろう。義母が気を悪くする恐れもあったが、それより大西さんのピアノを聴きたいという欲望が勝った。

この日のプログラムは、ベートーヴェンのピアノソナタ『月光』と『田園』他だ。『月光』は子供の頃、発表会でうまく弾けなくて、楽屋で大泣きしたことがある曲である。大西さんはどんなふうに弾くのだろう。

それよりチケットを予約したら、前から三列目の正面という思いもかけないいい席が取れて、目が合わないかと緊張した。大西さんの集中力をそぐようなことになったら、本人にもファンにも申し訳ない。

演奏はやっぱり素晴らしかった。『月光』は出だしで鳥肌が立った。なんという気負わない導入。この前、医院で話を聞いたから、いっそう大西さんのスタイルが理解できた。生半可な個性なら、そんなものはいらないと宣言しているかのようだ。

ピアノを習っていたとき、「もっと気持ちを込めて」と叱られ、敦美はいつも迷路にはまり込んだ。気持ちなんて、人に言われて込められるものではない。もっと衝動的なものだ。それがないときは、寝ていればいいのだ。

そうか、大西さんは三十代の十年間、それで寝ていたのか。敦美は、また楽に生きるヒントを得た気がした。

演奏が終わったとき、真っ先に立ち上がり拍手をした。大西さんがこちらを見た。きゃっ、まずい。敦美は慌ててパンフレットで顔を隠した。

周りの客が次々とスタンディングオベーションに加わったので、なんとか目を合わせずに済んだ。あぶない、あぶない。いつか「ファンです」と打ち明けたい気持ちはあるが、それはもう少し先に取っておきたいのだ。

自分でも納得のいく演奏が出来たのか、大西さんは満足そうな顔をしていた。仏頂面が少し緩んだ程度のことであるが、ファンはそれを知っているので、いっそう拍手が大きくなる。今週もいい週末だった。


夜、孝明は十時過ぎに帰ってきた。「お義母さん、何か言ってた?」敦美が恐る恐る聞くと、孝明は「別に何も」と答え、柴犬のように目を細めた。この顔は機嫌のいい印だ。どうやら親子喧嘩《げんか》のようなことにはならなかったようだ。

嫁がいないから余計に言い易くなって、義母は息子に詰め寄るのではないかと、敦美は密《ひそ》かに予想を立てていたのだが、どうやら外れたらしい。自分は考え過ぎなのかもしれない。

ほっとしたところで、今日のコンサートのことを、孝明を相手に熱っぽく語った。誰かに聞いて欲しくて仕方がなかったのだ。

「じゃあ、次こそ連れて行って」と孝明。

「これから、大西さんは関東を離れちゃうから、ずっと先になるけどね」

大西さんのツアーは、来週から北陸だ。

「じゃあ歯の治療にも来られないの？」

「ううん。音大の授業もあるから、そっちのスケジュールも調べて、東京にいそうな日を狙って、わたしが診察日を決めるの」

「そろそろ大西さんも怪しむんじゃないの？　どうして自分の都合がいい日を、この事務の女の子はピンポイントで指定してくるんだって」

「そうね。でも、怪しんでくれたらうれしい」

大西さんとの日々は、敦美の中ではもはやゲーム化していた。これは自分だけの楽しみだ。


翌日の日曜日、義姉から電話があった。孝明は休日出勤だ。またこの前の話なのかと敦美は身構えた。ゆうべ、孝明はとぼけただけで、実は義母から病院へ行くよう迫られたのかもしれない。

「敦美さん、昨日、孝明から何か聞いた？」

「いいえ。何も聞いてませんけど」不安が募る。

「埼玉の母のことなんだけど」義姉が言った。やっぱりそうか。

「孝明、本当に何も話さなかった？」

「ええ。何かあったんですか？」

「ふふ。孝明らしい。あの子、照れ屋だからね、そういうの、自分の胸に仕舞っちゃうのかもしれない」

義姉は電話の向こうで笑っていた。となると嫌な話でもなさそうなのだが。

「お義姉《ねえ》さん、何があったんですか。教えてください」

「そうねえ、わたしの口から言っていいものやら……」

「孝明さんならいいです。言ってください」

敦美が求めると、義姉は「うーん」と迷うように唸《うな》ってから、昨夜の出来事を話し始めた。

「ゆうべね、母が孝明をつかまえて、子供が出来ないのなら、早いうちに病院へ行って診てもらって来て欲しい、それで問題があるのなら治療を受けて欲しいって言ったの。そしたら孝明ね、自分たちは自然に任せる、検査すら受けたくないって、怖い顔で突っぱねたのよ」

「そんなことがあったんですか」

敦美は驚いた。家に帰ってきてから、孝明はそんなのおくびにも出さなかった。

「それでね、母は、子供がいた方がしあわせな人生を送れるとか、これから歳《とし》を取ったときどうするんだとか、どうしても妊娠しないなら、そのときは仕方がないとしても、最初から諦めるのは無責任だとか、そういうことを長々と言うから、最後には孝明が怒りだして、おれは検査を受けないし、敦美にも受けさせない、子供が出来ないのは誰のせいでもないし、単なる巡り合わせに過ぎない、よそとちがうからって、そんなことでおれたち夫婦はしあわせを見失ったりはしないし、何か引け目を感じることもない、今度その話をしたら、おれは二度とこの家の敷居をまたがないって、そう言ったのよ」

「そうなんですか……」

敦美はにわかには信じられなかった。普段の孝明からは想像できないからだ。

「わたし、弟をちょっと見直したっていうか、感動したっていうか……」

「はあ……」

「かっこよかったのよ。女房は自分が守るって、そういう決意が表れてた。孝明が一人で来たのって、きっと自分の母親に向かってそれを言いたかったからじゃないかなあ。父も横で感動してたみたい」

「そうですか……」

「どうしよう。わたしが今言ったこと、孝明には内緒にした方がいいかなあ」

「そうですね、お義母さんにも悪いし、わたしとぼけてます」

「うん、その方がいいかも」

「お義姉さん、ありがとうございました。聞いてよかったです」

不意に鼻の奥がつんと来た。

「敦美さん、これからも弟をよろしくね。不器用で口下手だけど、いい奴《やつ》だから」

「はい、もちろんわかってます」

電話を切ったらとめどもなく涙があふれてきた。敦美は着ていたTシャツをたくし上げ、それで顔を押さえてわんわん泣いた。これまで溜まっていたものが、一気に放出される感じがした。家に誰もいないので思い切り泣いた。


大西さんが治療にやって来た。親知らずを抜いた箇所のえぐれた歯肉も、徐々に盛り上がってきて、経過は良好だ。

気づいてみれば、大西さんは毎回同じスウェットパーカーを着ていた。靴だってずっとスタンスミスだ。やっぱり私生活はズボラなのだ。好意的に言えば、芸術家によくいる高等遊民なのかもしれないけれど。

この日は受付で診察カードを出すなり、「今日は何か聞きたいことあるの?」と先回りして言って来た。

「あ、ええと……」敦美は考えていなかったので、しばし返事に詰まった。でもすぐに質問がひらめいた。

「大西さんの人生で諦めてきたことって何ですか？」

「これまた突拍子もない」大西さんは肩をすくめている。

「すいません。わたし、結婚してますが、どうやら子供が出来そうになくて……」

こんな重いことも大西さん相手だとするりと言えた。

「そう。ぼくも子供がいないけど、諦めるも何も、生まれてこのかた人生の青写真を描いたことがない。設計図がないから、手にしたパーツの寸法が合わなかったとしても、じゃあ別のを探そうとなる。だから気にもならない」

大西さんが受付カウンターに手をつき、演説するような姿勢で言った。

「プランAしかない人生は苦しいと思う。一流のスポーツ選手、演奏家、俳優たちは、常にプランB、プランCを用意し、不測の事態に備えている。つまり理想の展開なんてものを端《はな》から信じていない。理想を言い訳にして甘えてもいない。逆に言えばそれが一流の条件だ。だから人生にもそれを応用すればいい。あなたも……」ここで敦美の胸の名札に目をやった。「小松崎さんも、プランBやCを楽しく生きればいい。そう思いませんか？」

「思います」敦美は胸が熱くなり、大きくうなずいた。

「ところで、先週の土曜日、ある場所で小松崎さんにそっくりの女の人を見かけたけど、あれは他人の空似なのかなあ」

大西さんが、今度は敦美の顔をのぞき込んだ。あちゃー、やっぱりばれていたのか。

敦美は赤面してしまった。

「あなた本人だとしたら、初めからぼくのことを知っていたわけで、知らんぷりを決め込んでいたというのは、人が悪いともとれるし、職業倫理的には正しいともとれるし……。まあ、どちらでもぼくは好きだけどね」

「他人の空似でお願いします」

敦美はついそんなことを言った。

「わかった。それで行こう」

ずっとファンだったピアニストの大西さんが、目の前で、肩を揺すって笑っている。

正雄の秋

1

どうやら次期局長の内示が河島《かわしま》にあったらしい。その情報を耳にした夜、植村正雄《うえむらまさお》は帝国ホテルのバーで一人で酒を飲んだ。会社の誰にも会いたくなかったし、馴染《なじ》みの店でマスターや常連客と口を利《き》くのもいやだったので、値段が張っても一人になれる場所を選んだのだ。

カウンターの隅で、白人のビジネスマンたちがうしろのテーブル席で賑《にぎ》やかに談笑するのを聞きながら、ウイスキーのソーダ割りを飲んだ。三杯飲んだところでロックに切り替えた。そしてロックを三杯飲んで、さらにおかわりしようと空のグラスを掲げて振ったら、白髪のバーテンダーが、もうおよしなさい、とでも言いたげな憂いを含んだ笑みを投げかけて来たので、二秒ほど見つめ合ったのち、「これで最後」と自分から申告して、グラスを差し出した。いい加減、頭が痺《しび》れていた。

正雄と河島義男《よしお》は会社の同期入社だった。大学を出て大手機械メーカーに就職し、今年の春でちょうど三十年となった。その間、ともに営業畑を歩き、ずっと競わされてきた。課長になったのも、部長になったのも同時期である。そして局次長兼部長という肩書を負ったのが三年前で、これも河島と並んでの昇進だった。いずれどちらかが営業局長になると周囲から言われていて、正雄自身もそうなるだろうと思っていた。だから言ってしまえば、今日は二人の昇進レースに決着がついた日ということになる。河島が勝って、正雄が敗《ま》けた。誰だってそう判断する。

正雄は元々、出世欲の強い人間ではなかった。ジャズとクラリネットが趣味で、一人で何かに没頭するのが性《しょう》に合っていた。人間関係においても、気の合う者同士静かに語り合うのが好きで、人脈作りに熱心なタイプではなかった。そもそも仕事一途の人間ではなく、昇進に強いこだわりがあったわけでもなかった。しかし河島に敗けたとなると、正直言ってこたえた。

正雄は河島と反《そ》りが合わなかった。何かと言うと派閥を作り、部下に対して兄貴風を吹かせ、上役には自己アピールに余念がない。そんな河島は正雄と正反対の性格と言えた。とりわけ芝居がかった熱血ぶりが、あまりに見え透いていて、好きになれなかった。

職場の宴席で喧嘩になりかけたこともある。互いの仕事のやり方について、ささいな意見の食い違いから口論になり、酔いもあってつかみかかる寸前までいった。それ以来二人は犬猿の仲だと社内に広まり、余計にやりにくくなった。

いざ敗けたとなると、いろいろな思いが頭をよぎった。結局、役員たちは河島を選んだのである。これが一番のショックだ。正雄は業績では河島を上回っていると思っていた。とりわけ東南アジア市場を開拓したのは正雄の功績である。あのときは海外事業部と連携し、プロジェクトリーダーとして合計三年間、タイやインドネシアに単身赴任し、出張は年二十回を超えた。自身の四十代のハイライトともいえる仕事で、社内表彰も受けた。それが評価されなかったのである。

そして役員への道も閉ざされた。誰にも言ったことはなかったが、自分は役員にまで上れるのではないかと密かに思っていた。その夢がついえた。

これまでも周囲が耳を疑う人事は山ほどあった。有能過ぎて嫌われ、閑職に回された人間もいたし、銀行からの天下りに役員のポストをあっさり取られ、子会社に出向させられた人間もいた。会社とはそういうところだ。受け入れるしかない。

とは言え、やはり納得は出来なかった。今頃は営業局の全員が噂《うわさ》していることだろう。明日はみんなどんな態度で接してくるのか。それを思うと出社するのがいやになる。

正雄は最後の一杯を飲み干し、席を立った。バーテンダーが「お気をつけて」と微笑んで、軽く会釈した。

「ありがとう」

礼を言って、会計を済ませ、バーを出る。ホテルのエントランスでは、ドアマンが正雄を見つけ、「タクシーですか」と笑顔で近づいてきた。

人のやさしさが身に沁《し》みた。今誰かに冷たくされたら、自分はきっと寝込んでしまうだろう。ホテルのバーにしてよかったと思った。

午前一時過ぎに家に帰ると、家族全員が寝静まっていた。妻の美穂《みほ》とも口を利きたくないので、起こさないように静かに着替え、隣の布団に潜り込んだ。すっかり酔っているが、なかなか睡魔がやって来なかった。気づけば何度もため息をついていた。寝つくまで二時間ほどかかった。

翌朝は六時に起床した。美穂がいつもその時間に起きるので、同じく布団から出たのだ。「もう起きるの？」と訝《いぶか》る美穂には、「酒が抜けてないからシャワーを浴びる」と答えた。二日酔いのまま会社には行きたくなかった。ゆうべはやけ酒を飲んだのかと部下に思われたくない。

美穂は夫の様子が少しちがうことに気づいたのか、一瞬何か聞きたそうな顔をしたが、黙って台所へと行った。夫婦も二十五年やっていると互いのことはだいたいわかる。聞かない方がいいと判断したのだろう。

一晩経《た》って、少しは感情が治まるかと思えばそんなことはなく、余計に揺れていた。大袈裟に言えば、不治の病でも宣告された気分である。河島に敗けた。その言葉が頭の中で渦巻いている。

シャワーを浴びて居間に行くと、二十四歳の娘がテーブルでトーストをかじっていた。

「なんだ、早いな」正雄が聞く。

「金曜は朝活」娘がぶっきら棒に答えた。

社会人二年生の娘は、仕事と自分に夢中だ。早朝の異業種ミーティングに参加しているとのことである。立ち上がってジュースを飲み干すと、食器を流しに運び、疾風《はやて》のように出かけて行った。

大学四年生の息子はまだ二階で寝ていた。銀行に就職が内定し、今は遊び納めといったところか、家でじっとしていた例《ためし》がない。いよいよ子供たちが社会に巣立って行く。それと入れ替わるように、自分が会社での立場を失うのだから、人生は皮肉なものである。

テーブルにつき、新聞を広げたが、活字が目に入って来なかった。頭の中にあるのは、会社に行きたくないなという子供じみた思いばかりである。

美穂が朝食をテーブルに並べながら、「ゆうべ、誰と飲んでたの?」と聞いた。

「取引先」

正雄はうそを言った。一人と答えたら、心配されそうである。しかし、この件はいつか言わなければならない。二歳下の美穂は会社の元同僚で、社内結婚だった。だから会社のことは隠せない。

先送りすると余計に告げにくくなると思い、軽い調子で言うことにした。

「営業の新しい局長な、河島に決まったらしいわ」

だが口に出して言うと、つい声が上ずった。

「そう……」

美穂がたちまち顔を曇らせる。次の言葉が出て来ず、沈黙が十秒以上続いた。

「まあ、しょうがない。おれには運がなかった」

「そんなこと……」

「いや、人生はそういうもんだ」

美穂は動揺した様子で、流しに戻った。何か手を動かしているが、心ここにあらずといった感じである。

「たぶん、今月末の異動で営業から離れることになると思う。もしかしたら出向もあるかな」

正雄が言った。実際、そうなりそうだ。

「いいんじゃないの。これまで頑張って来たんだし」美穂が背を向けたまま言った。「考え方を変えれば、どうってことないよ」

「うん」

「あまり忙しくない部署がいいね。あなた、少し休んだ方がいいし」

それには返事をしないで、正雄は食事を始めた。美穂は、いつもならテーブルの向かいに座って一緒に食べるのだが、それをしないでゴミをまとめ始めた。夫の無念が容易に想像出来るのだろう。河島を嫌っていることも知っている。

「資源ゴミの日だから、ちょっと出してくる」

そう言って勝手口からばたばたと出て行った。正雄は、美穂のうろたえぶりが意外だった。オシドリ夫婦というほどでもないが、これまで支え合ってやって来た。

食事を終え、身支度をした。いつもの時間になり出かけようとすると、普段は台所から「いってらっしゃい」と言うだけの美穂が玄関まで見送りに来た。

「今夜、遅いの？」

「さあ、わからない」

「メールちょうだい。うちで食べるのなら寄せ鍋にする」

「ああ、いいなあ。だったら定時退社するかな」

正雄は軽く口の端を持ち上げて言った。今夜もホテルで飲みたい気もするのだが。

家を出ると空気が冷たかった。いつの間にか秋も本番だ。季節の変化は急にやって来る。

2

正雄は会社でポーカーフェイスを通すことにした。落胆の表情を見せるわけにはいかないし、明るく振る舞うのは却《かえ》って痛々しく思われる。自分にだって意地はある。同情だけはされたくない。

出社し、周りと挨拶を交わす。部下たちも普通に接してくれた。ただし空気は硬い。遠くの席からは、盗み見る視線も感じた。

正雄はそれとなくフロアを見渡し、まず現在の局長――そしてこの後役員になる――原田《はらだ》を探した。まだ出社していないようだ。続いて河島のデスクに目を移すと、新聞を広げて読んでいた。彼はゆうべ祝杯を挙げたのだろうか。その佇《たたず》まいはどこか自信に溢《あふ》れているように見えた。

今すぐ祝福の言葉をかけるべきか。お互いの感情はわかり切っているが、形だけでも「おめでとう」と言わなければならない。建前は内示でも、局内ではとっくに知れ渡っている。だいたい河島が子飼いの部下に言い、それが燎《りょうげん》原の火の如《ごと》く広がったのだ。知らないふりは却って不自然だ。

声をかけに行くか――。そう思って腰を浮かしかけたら、河島のところに二課長の金《かね》子《こ》が近づき、なにやら談笑を始めた。タイミングを逸する。ゆうべはごちそうさまでした、そんな感じの会話に見えた。

金子は河島の家来のような男で、正雄は河島以上に金子が好きではなかった。裏表が激しく、小狡《こずる》く、調子のいいことばかりを言う。それでいて仕事は杜撰《ずさん》だ。課長になれたのは、河島に気に入られたという理由だけである。

そうか、河島が局長になるということは、金子もまた引き上げられるということなのか。正雄は乾いた気持ちで二人を眺めた。これだから人事は怖い。人の人生を根こそぎ変える。

そんなことを考えながら視線を戻すと、すぐ前に三課長の加藤《かとう》がいた。

「おはようございます」

「ああ、おはよう」

「ヤヨイ商事の件、再見積もりが届きました。こちらの予算枠に合わせてくれてます。どうしましょう、進めてもいいですか？」

「そうか。じゃあ進めてくれ」

正雄は答えたものの、今月末で営業からいなくなる自分が稟議《りんぎ》を通していいものかと思った。

いや、辞令が出るまでは自分が部長だ。それに通常の業務だ。

「ああ、そうだ。おまえ、今夜は空いてるか」

「ええ。空いてますが」

「一杯付き合え。話がある」

「わかりました」

加藤は一瞬、表情を暗くしてうなずいた。何の話かもちろんわかっているはずだ。彼自身にとっても局長人事は他人事ではない。

十歳下の加藤は正雄が一番信頼する部下だった。新人の頃から彼の能力と誠実な人柄を見抜き、何かと可愛がってきた。自分が局長になった暁《あかつき》には、彼を早い段階で部長に引き上げるつもりでいた。局長には人事権がある。それゆえ一番注目を浴びる人事なのだ。

しかし河島が人事権を握るとなると……。加藤が正雄の忠実な右腕だということは、河島も充分知っている。営業から正雄と一緒に追い払うということも大いにあり得る。

正雄は、加藤に対して申し訳ない気持ちでいっぱいになった。有能で誰からも好かれる加藤が、上司の人事に巻き込まれ、立場を悪くするとは。

とりあえず美穂にメールした。《ごめん。早速予定が入った。今夜も遅くなります》。妻とはまだ向き合いたくないので、半分は逃避だった。

始業時間になって原田が出社した。長身の原田は、キャビネットの向こうから首を伸ばしてフロアを眺めまわすと、自分のデスクには行かないで、正雄のところへ一直線にやって来た。

「おい、植村。昼飯一緒にどうだ」挨拶もなくいきなり言う。

「いいですよ」

「じゃあ、いつもの鰻屋《うなぎや》だ。おまえが個室の予約入れとけ」

返事も聞かず、大股で去って行った。

今日の昼、自分は引導を渡されるのか――。そう思ったら、ますます気持ちが沈んだ。入社して三十年、とうとう自分のレースが終わった。

河島は配下の課長たちと少し打ち合わせをすると、上着に袖を通し、外出して行った。正雄は言葉をかける機会を逸したが、一方ではほっとしていた。出来るなら今は口を利きたくない。

午前中、職場で局長人事に関して口にする人間は皆無だった。すぐに活気を取り戻し、普段通りに仕事をしている。もっとも若い社員たちは自分のことに忙しくて、五十三歳の管理職の行く末など、興味の対象外だろう。それもまた会社というところだ。

昼になり、原田と会社近くの鰻屋に行った。個室で向かい合うと、原田はおしぼりで顔を拭きながら、開口一番「もう知ってるんだよな」と言った。

「ええ。知ってます」正雄は静かに答えた。

「おまえさんも納得がいかんと思うが、決定は覆らん。堪《こら》えてくれ」

「ええ、わかってます」

平静を装ってうなずいたが、原田との気持ちの距離を感じた。堪えてくれというのは次がある人間を慰める言葉である。今回の人事はゲームオーヴァーの笛だ。

「役員会も紛糾したそうだ。おまえを推す役員もたくさんいてな。とくに海外事業部担当の白幡《しらはた》さんは、植村は我が社の功労者だろう、それに報いなくていいのかって怒ってたらしい」

その話には少し救われた。わかってくれる人もいるのだ。

「しかし最後は社長が決めた。そうなると、多数決というわけにもいかなくなる」

だが一転してショックを受けた。そうか、社長の意向か。それなら誰も逆らいようがない。河島は社長の取り巻きの一人だった。ゴルフのお伴をし、誕生日には郷里の名産品を届けていた。そういうゴマスリが正雄には出来なかった。性分なのだ。

原田がビールを注文し、昼間から飲んだ。冷たい液体が胃に沁みる。原田が肝の煮つけを箸でつまみつつ、話を続けた。

「早速これからのことだが、河島の局長就任で、おまえは営業を離れることになる。おれが用意できるポストはふたつだ。ひとつは総務局次長。おまえなら社内に顔も広いし、広報でも人事でも、難なく務まるだろう。もうひとつはゼネラル設備の専務。子会社への天下りってことになるが、ポスト的に不足はないだろう。二週間、時間をやるから、その間にゆっくり考えてくれ」

「わかりました」

正雄は神妙に返事をした。具体的にポストを示されても、今は何も考えられないというのが正直なところである。総務局次長は閑職であり、ゼネラル設備の専務にしても、肩書は立派だが、かつての資材部を分社化させただけの社内子会社で、社員は四十人ほどしかいない。いずれにせよお飾りのポストで、目標を持てる仕事ではない。

「おまえ、辞めるなんて言い出すなよ」

「まさか。こっちはもう五十三ですよ。どこが迎えてくれるって言うんですか」

正雄は苦笑してかぶりを振った。実際、転職は頭にない。

「そんなことはないぞ。狭い業界だ。おまえの経験とノウハウ欲しさに引き抜きの声がかかることだってあり得る」

「それはないでしょう」

謙遜したが、確かに可能性がないではなかった。とくに新興企業なら、自分はそれなりに役立つ人材だろう。ただ、やはり、それも今は考えられない。

「すぐに気持ちの整理がつかないとは思うが、局長ポストはひとつしかないんだから仕方がない。おれもおまえを手放すのは辛いんだけどな」

「いえ、気になさらないでください」

正雄には知りたいことがひとつあった。上に対して原田はどっちを推したのかである。自分か、河島か。ただ聞く勇気はない。聞いたら自分が惨めになる気がする。

鰻重が運ばれ、しばらく黙って食べた。テーブル席は賑わっている様子で、サラリーマンたちの会話が廊下を抜けて届いた。

「ああ、そうだ。加藤はどうなりますか？」正雄が聞いた。

「どうとは？」原田が顔を上げる。

「まさか、加藤まで異動ってことはないですよね」

「そりゃないだろう。あいつは営業の重要な戦力だ」

「でも、人事権は河島にあるわけですから」

「いくら人事権があっても、そんなことはさせんよ」

「じゃあ、お願いします」

また黙って食べた。原田ともこれで離れ離れになる。以前はおっかない上司だったが、今ではすっかり丸くなった。昨年孫が誕生し、スマホに入れた画像を見ては目尻を下げている。共に戦った日々は、もう昔日《せきじつ》のことになりつつある。それを思うと感慨が湧いた。つまり、自分も老いたということだ。

「奥さん、元気か」原田が唐突に聞いた。

「ええ、元気です」

「大事にしろよ」

「はい」

また会話が途切れた。

社に戻っても、河島の姿はなかった。出かけて帰社は遅いらしい。顔を見なくて助かった。やはりおめでとうという言葉は出て来ないからだ。

夜は加藤と酒を飲んだ。居酒屋は騒々しいので、顔が利く小料理屋の小あがりで卓に向き合った。

「聞いてるとは思うが、河島が局長になり、おれは営業から外れることになりそうだ。加藤にはいろいろ助けてもらったから、ちゃんとお礼を言っておこうと思ってな。長い間、ありがとう」

ビールのグラスをコンと当て、正雄が切り出すと、加藤は憤然とした表情で、「水臭いなあ」と抗議するように言った。

「親しき仲にも礼儀ありだ」

「これで終わりですか。悔しいじゃないですか」

「何を言っても、もう覆らん」

「植村さん、どこへ行くんですか？　ぼくも連れてってくださいよ」

「馬鹿言うな。今日、原田さんから提示されたが、おれに用意されたポストは総務局次長かゼネラル設備の専務だ。おまえが付き合う義理はない。営業に残っておれの分まで頑張ってくれ」

「転職はないんですか？　こっちは専門知識があるんだから、外資だって商社だって売り込めますよ」

加藤が身を乗り出し、焚《た》き付けるようなことを言う。

「おれも、おまえくらいの歳なら考えるだろうけど、もう五十三だ。先が長いわけじゃない」

「また弱気になっちゃって。植村さんらしくないですよ」

加藤は意気盛んだった。四十三歳なら、強気にもなれるだろう。

「ぼくは河島さんの下で働くの、あんまり気乗りしませんね」

「そんなこと言うな。原田さんも言ってたぞ、加藤は重要な戦力だって」

「口じゃ言うでしょう。でも河島さんが人事権を握ったら、絶対に金子を登用しますよ。ぼく、あいつの下に置かれるとしたら異動願を出します」

「それは……」

「あんなせこい野郎が次の部長になるとしたら、営業はお仕舞いですよ。そう思いませんか？」

「まあ確かにそうだけど……」

正雄もその気持ちは充分理解出来た。二人もまた同期だった。そして仕事に関しては実績も能力も、誰が見ても加藤の方が上だった。金子は河島の家来として、ただ調子がいいだけだ。

「しかし、会社の人事って何なんでしょうかねえ」加藤が大きくため息をついて言った。「植村さんは東南アジア市場開拓の功労者じゃないですか。それを外そうっていうんだから……」

「人事なんてそんなもんだ。どこも一緒だろう」

「そうですかねえ」

加藤はいつまでも憤慨していて、それがせめてもの慰めだった。たとえ勢いだとしても、連れて行ってくださいと言われたことはうれしい。

小料理屋でかなりの量を飲み、河岸《かし》を変えてバーでも飲んだ。酔いは回ったが、乱れることはなかった。正雄が愚痴を言わなくて済んだのは、代わりに加藤が怒ってくれたからだ。この男とも別れるのかと思ったら、ますます心の中に秋風が吹いた。

3

翌日は土曜日で、正雄は自宅で過ごしていた。子供たちは朝から出かけていて、テレビを点《つ》けていないので、家の中は無人島のように静まり返っている。美穂は台所で自家製ピクルスを漬けていた。酸っぱい匂いがゆらゆらと漂ってきて、二日酔いにはあまり好ましくはない。

リヴィングのソファに寝そべり、新聞を読んでいたら、美穂が聞いて来た。

「あなた、今日は予定ないの？」

「ない。明日もない」

「じゃあ、買い物に連れてってよ。たまには銀座に出たい」

「銀座ねえ……」

気乗りしないので返事を渋っていると、美穂が近くまで来た。ソファの横にしゃがみ、正雄の顔をのぞき込む。

「気分転換。いいじゃない。どうせ香奈《かな》も大輝《ひろき》も帰りは遅いから、どこかでちょっと贅《ぜい》沢《たく》な晩御飯食べてもいいし」

「外食なら駅前でもいいんじゃない。最近はフレンチとかもあるみたいだし」

寝返りを打って背中を向けると、美穂はひとつため息をつき、何か言葉を探していた。

「ところで、次の部署は決まったの？」わざと明るく聞いてきた。

「そんな急に決まるか」

答えたくなかったが、原田から提示されたふたつの候補があることを教えた。

「そこ、忙しいの？」

「さあ、どうだろう」暇だとは言いたくなかった。

「もう充分じゃない。これまで一生懸命働いて来たし。そうだ、市の吹奏楽団に入れば。前からやりたがってたじゃない」

「恥ずかしい。おれのクラリネットは中学生レベル」

「練習すればいいじゃない。時間が出来たらちゃんと練習したいって、言ってたじゃない」

確かにそんな発言もあったが、どうせそんな暇は定年までなかろうと、言ってみただけのことである。

「わたしも何か始めようかな。ウクレレとか」

「ご自由に」

背を向けたままぞんざいに答えた。美穂はまだ去ろうとしない。

「あなた、オーディオ、買い替えてもいいよ。ＪＢＬだっけ。大きいスピーカー」

今度は話を変えた。

「もういい。気が変わった」

「どうしてよ。夢だったんじゃないの？　ＪＢＬとマークレビンソン」

「オーディオルームでも作ったときの話」

「じゃあ改築したら？　仏間なんてほとんど使ってないし」

「そんなお金、どこにある」

「貯金、崩してもいいんじゃない、たまには」

いい加減、鬱陶《うっとう》しくなり、正雄は体を起こした。新聞をたたんでテーブルに置く。

「あなた、唇、荒れてる」

美穂が顔をのぞき込んで言った。正雄は舌で唇を舐《な》めた。確かに口唇ヘルペスらしきものが出来ている。二日続けて飲んだせいだろう。

「疲れてるんだ」

「そう。だから銀座には行かない」

美穂はしばらく黙ると、「一人になりたい？」と聞いた。

正雄が返事に詰まる。少し間を置いて、「どちらかといえば」と答えた。

「じゃあ、一人で買い物に行こっと」

美穂が立ち上がり、台所に戻る。正雄はまたソファに寝そべった。ぼんやりと天井を見る。自分でも驚くほどの、空虚感だった。

局長人事の内示から二日経って、少しは冷静になるかと思えば、まるで逆でますます苦しくなった。頭に浮かぶのは、何故だということばかりで、到底気持ちの整理などつきそうもない。河島が選ばれ、自分は弾《はじ》かれた。そんな馬鹿げた人事があっていいものかと、今にも叫び出してしまいそうだ。もしも社内に裁判所があったなら、間違いなく提訴していた。こうなった今でも、なんとか覆らないかと思っている。

五十三歳という半端な年齢も、苦しみに拍車をかけた。あと五歳若ければ、迷わず退社し、新天地を求めただろう。しかし今の歳では前途に限りがある。

要するに、自分は退場を言い渡されたのである。仕事を取り上げられた。それがくやしくてならない。営業でやりたいことがまだまだあった。このもやもやした気持ちをどうしていいかわからない。

銀座はパスしたが、天気がいいので駅前商店街には出かけた。美穂が昼食を用意しないで外出したので、仕方なく外で食べることにした。

薄手のカーディガンを羽織り、サンダル履きで家を出た。一人で近所をぶらつくことなど滅多になかったので、丸腰にされたようで、落ち着かなかった。

たまに利用する蕎麦屋《そばや》に入り、天ざるを注文した。ビールも頼んだ。どうせ一日やることがない。

ビールを飲みながら、配膳カウンター越しに厨房《ちゅうぼう》をぼんやりと眺めていた。中では同年代とおぼしき店の主《あるじ》が蕎麦を茹《ゆ》でている。ふとこの男の人生を想像した。きっと蕎麦屋の長男として生まれ、店を継いだのだろう。朝から蕎麦を作り、客に供し、一日が過ぎて行く。来る日も来る日も、同じことをする。彼には海外出張も、胃の痛くなる交渉も、社内表彰もない。自分が彼の立場なら、退屈で死んでしまうだろう。

店内に視線を移した。各テーブルは、地元民で賑わっている。ほとんどは中年だ。どいつもこいつもうだつの上がらない凡人に見えた。

なんという傲慢な見方か、いったい何様のつもりかと、自分に茶々を入れるのだが、人を軽んじる気持ちがやむことはない。要するに、今は人と比較しないと自分が保てないのだろう。

蕎麦を食べ終えると、書店をのぞいた。いつもの習慣でビジネス書の棚に向かったのだが、もう自分には必要ないのかと思ったら、また軽いショックを受けた。次のポストはいずれも閑職で、ビジネスの最前線ではない。《部下を動かす力》《明日を読む実践マネージメント》といった威勢のいいタイトルが、心に突き刺さる。

辛くなって隣の新書のコーナーに行くと、今度は《五十歳からの老いの準備》というタイトルが目に飛び込み、思わず顔をそむけた。

もう趣味の本しか読みたくない。司馬遼太郎《しばりようたろう》だって避けたい気分である。何も買わずに書店を出て、今度は河川敷の緑地公園へと向かった。運動場やサイクリングコースがある市民の憩いの場だ。秋空の下、多くの人たちがくつろいでいた。少年野球の賑やかな声に包まれながら歩いていると、家庭菜園のエリアに差しかかり、中から「植村さん」と突然声をかけられた。

立ち止まって振り返る。同じ町内の吉田《よしだ》が鎌を手に立っていた。足元は長靴、首には手拭いを巻いている。

吉田とは通勤電車でよく一緒になり、何度か会話を交わしたことがあった。正雄と同年代で、ビル管理会社に勤務していると聞いていた。

「お一人で散歩ですか」白い歯を見せて言う。

「ええ、まあ。妻は出かけてていないし、天気もいいから」正雄が答えた。

うしろから奥さんも顔を出し、ぺこりと頭を下げた。

「夫婦で家庭菜園をやってるんですよ」と吉田。そういえば美穂から聞いたことがあった。このトマト、吉田さんが家庭菜園で作ったものなのよ、と。正雄はそのとき、よほど会社で暇なのかと見下すようなことを思った。

「ええ、知ってます。妻が野菜を何度かいただいているそうで、ありがとうございます」

「よかったら、茄子《なす》を持って行きませんか？」

「いやあ、いいんですか？　すいませんねえ」

別に欲しくはないが、断るわけにもいかず、礼を言って受け取った。

「植村さんも野菜作り、どうですか？　最近区画が空いたから、市役所の公園課に申し込めばすぐに畑を借りられますよ」

「いやあ、知識がないし」

「最初は誰だってそうですよ。何なら手ほどきしますが」

「あなた。植村さんはお忙しい人なんだから。誘ったら迷惑」

奥さんが口を挟み、亭主をたしなめた。

「はは、これは失礼。そうですよね。大きな会社の部長さんだし」

吉田が頭を掻《か》いて言う。正雄は思わず告白しそうになった。いや、実はわたし、これから暇になるんです。会社で出世競争に敗れて、一線から外されるんです——。

「もっと持って行きますか？」

「あ、いや、充分。……楽しそうですね、野菜作りって」

「ええ。楽しいですよ。土から芽が出たり、実が生《な》ったり、そういう場面に出くわすと、単純にうれしくなりますよ。まあ、小さな達成感ですけどね」

善良そうな吉田が屈託なく微笑む。

なるほど、日常の小さなしあわせか。自分にはこれまで無用だった価値観だ。達成すべきものは、すべて仕事の中にあった。よろこびも、興奮も。この先は自分も小さなしあわせを探す工夫をした方がいいのかもしれない。しかし、そんなふうに思えるようになるのか。

「どうかしましたか？」吉田が聞いた。

「あ、いや、なんでもないです」

あらためて野菜の礼を言い、また歩き出す。空虚な気持ちがますますふくらんだ。営業から外れると接待ゴルフもない。休日出勤もない。だから土日は休みだ。さてどうやって過ごそうか。

要するに、自分は刀を取り上げられた侍なのだ。これからどうやって生きて行けばいいのかわからず、途方に暮れている。

家に帰ると、正雄は押し入れから久し振りにクラリネットを取り出した。趣味はクラリネットと会社で自慢しておきながら、人前で披露したことはもう十年以上なかった。自分は会社人間じゃないと、周囲にアピールするためだけの道具に使っていた感もあった。

組み立て、リードに口をつける。吹くと力のない音が出た。まるで夜鳴き蕎麦のチャルメラである。姿勢を正し、あらためて吹く。音は安定したが、今度は指が動かなかった。しばらく練習をサボっていたせいで、すっかりなまっている。

正雄は得意だった『A列車で行こう』を吹いた。つっかえながらで、とてもA列車の軽やかさはなかった。クラリネットの音色が、誰もいない家で響いている。

4

週が明けても、会社で河島にお祝いの言葉をかける機会はなかった。河島は外出と会議ばかりで、ほとんどデスクにいなかった。そして正雄を避けているようにも見えた。月曜朝礼のときでも、各部長が順番に業務連絡と簡単なスピーチをする際、正雄と目を合わせようとはしなかったのだ。

もっとも正雄も避けていた。声をかけたいなら、出社したときにつかつかとデスクまで行き、おめでとうと言えばいいだけのことである。誰も見ていないところで、そっと済ませたいと思っているから、先送りしているのである。

局内には河島新体制へと向かう空気が醸し出されつつあった。みんながなんとなく河島の方を向いて仕事をしている。とくに落ち着かないのは部課長たちで、新局長がどのように組織を変えるのか、そのとき自分はどのポジションに置かれるのかを気にしていた。加藤などは、初めは強気なことを言っていたが、はた目にもそわそわしていた。異動させられる可能性が高いのだ。原田はそんなことはさせないと言っていたものの、正雄もそれが気がかりでならない。

一度エレベーターで、海外事業部担当役員の白幡と一緒になった。正雄を見るとはっとして、「おう」と憂いを含んだ目で声をかけてきた。

「元気でやってるか」

「ええ、おかげさまで」正雄が微笑んで会釈する。

それで会話は途切れたが、別の階で人が降り、二人だけになると、白幡が口を開いた。

「君が営業局長の選に漏れたのはおれも残念だが、船のキャプテンは一人だ。二人はいらん。腐らんでくれ」

「わかってます。ありがとうございます」

「で、どうするんだ。次のポストは決まったのか」

「いいえ。原田さんから提示はされてますが、まだ考えてません。白幡さんが引っ張ってくださるのなら、海事にだって行きますが」

正雄がおどけて言った。白幡は男気のある役員で、前から好きだった。

「いや、それはどうかな……」白幡が急に口ごもった。「君は確かに欲しい戦力ではあるが、いざ海外事業部に引っ張るとなると、それなりのポストを用意しなきゃならんし、だいいち局長が何て言うか……」

何やら焦っている様子だった。

「いや、冗談ですから。気にしないでください」

「なんだ、冗談か。おどかすな」

白幡が顔をしかめ、苦笑する。正雄の肩を叩くと役員フロアで降りて行った。

実を言うと少しだけ期待していた。ほかの役員が正雄を引き上げてくれるのではないかと。その一番手が白幡だった。彼で無理なら、もう可能性はない。

正雄はまた気持ちが沈んだ。いよいよ現場から去るときが来た。総務へ行くか、子会社へ行くか。選ぶとしたら、出来るだけ河島と顔を合わせなくて済む場所がいい。総務だと同じ新館ビルだから、エレベーターで鉢合わせすることもある。子会社だと旧館ビルなので、滅多に会うことはなかろう。となると、子会社の専務ということになる。

なんと侘《わび》しいことか。かつては営業のエースと言われた自分が、こんなことで身の振り方を決めるとは――。また今夜も飲んでしまいそうである。

デスクに戻り、書類に目を通していると、原田がやって来た。空いている椅子を引っ張り、隣に座る。「おい植村。おまえ、今度の人事の発表があるまで休め。休暇だ」藪《やぶ》から棒《ぼう》に言った。

「休暇？　どういうことですか？」

「おまえ、消化してない有給休暇が何日もあっただろう。総務からの提案で、営業局の有休消化率を少しでも上げるために、ここで植村部長に休んでもらおうって、そういう話になったんだ。だから一週間ほどまとめて休め。いい話だろう」

「ええ、しかし……」

正雄は困惑した。気を遣ってくれたのだろうが、仕事もある中、一週間は無茶である。

「残務整理は加藤に任せろ。メールがあるんだから、どこからでも指示は出せる」

「はあ……」

「夫婦で温泉旅行でもして、カミさん孝行したらどうだ」

返事に窮していると、原田は「で、その間に次の行先決めておくようにな」と言って肩を叩き、大股で去って行った。

白幡、原田と立て続けに叩かれた肩が、軽く痺れていた。正雄は入社して初めて孤独を覚えた。


家に帰ると、美穂に明日から有給休暇を取ることにしたと告げた。言い訳も面倒臭いので、もう自分は営業では用がなくなったと、ありのままを告げた。

「そんな自分を卑下しないの。慰労の休暇でしょう。周りが気を遣ってくれてるってことじゃない」

美穂は明るく振る舞っていた。ただ目の奥には同情の色が見て取れ、妻にまで気を遣わせていることが逆に心苦しかった。

「で、休みはどうするの？」

「決めてない」

「旅行は？　好きなところに行ってらっしゃいよ」

それは一人で行けということなのか。夫婦で温泉もいいかなと、半分くらいは思っていたのだが。

「あなた、一人になりたいんでしょ？」美穂が問いかける。

「あ、いや。一人旅はあまり気乗りしないかな。晩飯も一人分だとあれこれ食べられないし」

正雄が口をすぼめて言った。

「じゃあ、わたしも行く。一緒に行こう。民生委員の仕事があって長く留守には出来ないけど、二泊三日くらいなら全然オーケー」

「そうだな。三泊以上だと、荷物も多くなるし、却って疲れるだろうし……」

「わたしは四国がいいかな」美穂がいきなり浮かれた声を発した。「いつかお遍路したいと思ってるからその下見も兼ねて」

「おれはどこでもいいけど……」

「じゃあ決まり。まずは香川で讃岐《さぬき》うどん食べよう」なにやら目も輝いて来た。「そのあと松山まで足を延ばして、道後温泉に入ろう」

勝手に盛り上がっている。正雄の中で、残りの半分の、一人旅もよさそうだという気持ちが盛り返してきた。もっともそれを口にする勇気はなかったのだが。

美穂がてきぱきと旅行の算段を立て、翌々日には出発することになった。子供たちに留守番を頼むと、「ふうん」と気のない返事をしただけで、その間の食事代を要求された。親には徹底して無関心である。

羽田へ向かうモノレールの中で、そういえば夫婦二人での旅行は子供が生まれてから初めてではないかと気がつき、隣に座る美穂にそのことを言おうかと思ったが、今更ロマンチックになられても困るので黙っていた。美穂も気づいてはいるだろう。

平日だったので、機内はビジネスマンが大半だった。通常の休暇なら、いくばくかの優越感を持って眺めるところだが、今日は忙しそうな彼らがやけに眩《まぶ》しく映った。この先の自分は、出張から縁遠くなる。それを思うと不意に淋《さび》しさに襲われた。

そして、以前なら気にも留めなかったリタイア組の夫婦連れがやけに目につき、ため息が漏れた。もうすぐ自分もあの仲間ということか。定年まであと七年もあるというのに、気分はご隠居である。

「クラリネット、どうする？　市の吹奏楽団のホームページを見たら、毎月第一土曜日がオーディションだって」

美穂が正雄の心の中をつつくように、そんな話をふった。

「オーディションなんてあるんだ。じゃあだめだ」

「オーディションって言っても、落とされるわけじゃなくて、レベルを判定して、それに合ったレッスンコースに振り分けられるみたい。市民のための趣味のサークルだもん。初心者歓迎って書いてあったし、競争じゃないわよ」

「あ、そう」正雄は生返事をした。

「それから河川敷の家庭菜園の件、吉田さんに聞いたら、市に指導員がいて、初心者にも懇切丁寧に教えてくれるんだって」

「あれは言ってみただけ」

この前、おれも野菜作りしようかなと冗談で言ったら、美穂の方が乗り気になった。

「始めればいいじゃない。これからは時間があるんだし」

その言い草には少しむっとした。

「まだ閑職に回るとは決まってないだろう。転職だってあるぞ」

「うそ。本気?」

「六十五まで働くと思えば、まだ十年以上ある。必要としてくれるところがあればおれは行くぞ」

意地を張って言い返したが、本心ではなかった。冷静になってみれば、同じレベルの会社で、五十過ぎの管理職をヘッドハンティングするところはない。よほど力があれば別だが、自分はそこまでの人間ではない。これも冷静になって思った。社内では功労者でも、外に出れば普通の男だ。

機嫌を損ねたと思ったのか、美穂は黙った。飛行機の窓に映るのは、恨めしいほどの青空だ。

空港に着くと、部下から指示を仰ぐメールが届いていないか、スマートフォンをチェックした。

何も届いてはいなかった。いくつか仕事の懸案事項があり、それは正雄でないとわからないはずなのだが、休暇に入ってからは一本のメールもない。遠慮しているのか。それとも正雄がいなくても片付くのか。

もしかして、すでに河島の指揮下に置かれたのではないかと、そんな想像もした。河島は〝人たらし〟なところがある。留守中、正雄の部下を手なずけることなど、わけないかもしれない。もう自分には関係ないことだが。

結局、河島とは一言も口を利くことなく休暇に入った。先送りしているうちに機を逸してしまった。辞令が出たとき、簡単に挨拶して営業を去ることになりそうだ。なんとも侘しい最後である。

送別会を提案されたらどうしようか。断りたいが、それだとみんなに心中を察せられてしまう。かと言って出席したら、過ごす時間が辛すぎる。休暇だというのに、正雄はそんなことばかり考えている。

リムジンバスで市街地に移動し、港が見える高層ホテルにチェックインした。早速、美穂がガイドブックであたりをつけた繁華街のうどん店に行く。

昼間からビールを飲んだ。天ざるうどんを注文する。うどんはおいしかったが、これが一仕事終えた後の旅行ならどれほどいいだろうと詮無《せんな》いことを思った。

「天ぷら、残すの？」美穂が箸で指して聞いた。

「昼から量が多過ぎる」正雄が答える。

「じゃあ、わたしが食べる」

箸を伸ばすと、おどけて大口で頬張り、さくさくと食べた。

「ねえ、転職するならうどん屋はどう？　わたしも手伝うし」

美穂が突拍子もないことを言う。

「冗談言えよ。おれはいやだ」

「どうして？」

「この歳になって客商売が出来るか」

「だから接客はわたしがやるわよ。あなたは奥でうどんを打つの」

面倒臭いので言い返さなかった。

食事の後は、タクシーに乗って市内観光をした。栗林《りつりん》公園、美術館、高松城跡。この手の普通の旅は実に久し振りで、正雄は間がもてなくて困った。子供たちがいれば賑やかなのだが、そんな時代はとっくに過去で、家族旅行はもうないだろう。仕事の出張先で羽を伸ばす機会も少なくなりそうだ。旅の相手は妻しかいないのだ。

「あなた、写真撮ってあげる」城の櫓《やぐら》を前にして美穂が言った。

「おれはいいよ」反射的に拒否していた。

「どうしてよ。いいじゃない」

「今さら、写真なんて――」

そこへ初老の夫婦がやって来た。「すいません、写真を撮っていただけませんか」と頼まれる。正雄が快諾し、二人並んだ姿を撮影した。

「じゃあ、すいません。わたしたちも」美穂が老夫婦に頼む。正雄は拒否したかったが、他人の手前いやとは言えず、二人並んで立ち、さらには仏頂面も出来ないため無理に微笑み、写真に収まった。

互いに礼を言い合って別れる。

「夫婦の写真なんて、きっと二十年ぶりくらい」

美穂がおかしそうにデジタルカメラの画面をのぞいている。「ほら」と言って差し出されたが、正雄は一瞥《いちべつ》しただけで顔をそむけた。その不機嫌そうな顔を見て、また美穂が笑っている。

夕方、ホテルに戻り、正雄は会社に電話を入れた。仕事がどうなっているか、やはり気になるのである。加藤が外出中だったので、古株の女子社員に様子を聞いた。

「大丈夫ですよ。ちゃんとやってますし、問題も発生してません。植村さんはゆっくり休んでいてください」

明るい声で言う。もう正雄は勘定に入っていない感じに聞こえた。

「ええと、ヤヨイ商事の件は?」

「それは課長が仕切ってます」

「東洋ファクトリーの件は?」

「それは河島さんが二課に振り分けました」

受話器の向こうからは、電話の音や、誰かが人を大声で呼ぶのが聞こえ、いかにも忙しそうである。正雄はますます疎外感を覚えた。

「河島が指示を出してるんだ」

「そうです。でも、お父様が倒れられたとかで、今日から実家に帰ってます」

「えっ、そうなの？」

「詳しくは知りませんが、クモ膜下出血で昨日、病院に担ぎ込まれたらしいです。お歳がお歳なので、このまま葬式なんじゃないかって、周りは言ってますが」

「そう……。何かあったら連絡して」

電話を切り、少しばかり同情した。正雄の父親は三年前に他界していたが、最期は看病も葬式も大変だった。

河島の実家は愛知県だった。田んぼばかりの田舎だよと言っているのを聞いたことがある。葬儀は参列しないとまずいだろうか。自分の父親のときは営業局から多くの人間が駆けつけ、その中に河島もいた。同僚として無視は出来ない。

辞令までもってくれるといいのだが。そうすれば別部署の人間になり、欠席も不自然ではない。そんなことを考え、毎度の現実逃避に我ながらいやになる。

美穂に話すと、「今日亡くなったら、明日か明後日お通夜だから、すぐに帰らないといけないね」と、旅行の心配をした。いっそ今死んで欲しい。それだと欠席の言い訳になる。

夕食はホテルのレストランでとった。窓からは港の美しい夜景が一望でき、瀬戸内の海を何艘《そう》もの船が行き交っている。

「ねえ、話を蒸し返すようで何だけど、転職って本当に考えてるの？」

食事の最中、美穂が遠慮がちに聞いた。

「いや、ないんじゃないの」正雄は、今度は素直に答えた。「おれの歳だと管理職でのヘッドハンティング以外はないし、そうなると、既存のメーカーでは考えにくいと思う。新興企業なら別だけど、今更名もない会社に移籍する気はないかな」

「よかった」微笑し、吐息を漏らしている。

「心配してたわけ？」

「もう苦労して欲しくないの。あなた、海外に単身赴任してたとき、食事が合わないとか言って、体重を五キロぐらい落としてたじゃない。わたし、夫だけ辛い目に遭わせて、自分は日本で楽してて、結構辛かった」

「あれはあれで面白かったけどね」

「それは若かったから。もう出来ないでしょう」

「うん。まあそうだけど」

「もう充分働いたと思う。残りの会社員人生、楽したってバチは当たらないって」

「でも定年まで七年だぞ」

「あっと言う間。仕事だけが人生じゃないって」

「そう簡単に気持ちが切り替わらない。ずっと仕事が中心だったしな」

酒が入って、少し気持ちがほぐれた。考えてみれば妻と差し向かいで飲んだのは何十年ぶりか。

「船を乗り換えればいいのよ。もう少し小さくて、ゆっくり進む船」

美穂も顔を赤くしていた。確かにそうである。白幡が言っていた。船のキャプテンは一人だと。選に漏れた人間は、静かに下船するのが礼儀だ。

「河島さんと話はしたの？」と美穂。

「いいや、まだだけど」

「やっぱり嫌い？」

「ああ、嫌いだな」

美穂が笑いを嚙《か》み殺している。

「あいつのやることは全部演技だ。計算ずくなんだよ。そういうのに周囲がだまされるのがわからん」

久し振りに妻に会社の愚痴をこぼした。たぶん旅と酒のせいだ。

「でも、いいところがないと局長までは上れないでしょう。家族だっているわけだし、河島さんを信じて、頼りにしている人もいるってこと」

「何だよ、河島を庇《かば》って」

「庇ってるんじゃなくて、誰にでも人生があるし、バックグラウンドがあるし、血のつながりがあるってこと」

「もう五十を過ぎたんだから、いろんなことを許そうよ」

「ふん、何かの本で読んだのか」

「そうじゃなくて」

言い合いのような形になったが、爽快な気持ちもどこかにあった。自分は溜め込むタイプなので、吐き出して少し楽になったのかもしれない。

そのときメールの着信音が鳴った。ポケットからスマホを取り出して見ると、営業局全員への一斉メールだった。

《河島部長のお父様が亡くなられました。享年八十四歳。通夜は二十五日午後四時、葬儀は二十六日午前十一時からです。詳細は下記の通りです——》

「河島の親父さんが亡くなった」正雄が言った。最初に思ったことは、長患いしなくてよかったということだった。

「うそ。どうするの？」美穂が身を乗り出す。

それには答えないで席を外し、レストランの外へ出て会社に電話を入れた。加藤がいたので話を聞く。

「明後日の午後、営業と総務から二十人くらい行くみたいです。場所は愛知県の江南《こうなん》市。植村さんは旅先だし、欠席してもいいんじゃないですか」

「洒落《しゃれ》たことを」

「いや、おれも行くわ」

正雄は咄嗟《とっさ》にそう答えた。嫌いな男でも不義理はしたくないし、欠席することで周りに詮索されるのもいやだった。

「そうですか」加藤は意外そうだった。「植村さん、四国から直接向かったらどうですか。ぼくがお宅まで行って、礼服をお嬢さんから受け取って、持って行ってもいいし」

加藤がありがたい申し出をしてくれた。それなら明日松山に泊まって、翌朝午前に発てば間に合う。

「そうか。じゃあお願いしようかな。娘には連絡しておく」

「どちらに参列しますか？」

「通夜に行く。葬儀だと忙しくて声もかけられないしな」

「わかりました。現地で落ち合いましょう」

電話を切り、席に戻ると、美穂が自分も行くと言い出した。

「一人で残ってもつまんないし、何年ぶりかで原田さんたちにも会いたいし。いいでしょ。邪魔しない。うしろで立ってるだけ」

正雄は承諾した。妻が一緒だと仕事の話をしなくても済む。通夜に紛れて河島に挨拶を済ませるのも、不謹慎だが都合がいい。

そうと決まったら、もっと飲みたくなった。もう仕事の心配はないのだ。

5

通夜の日は松山空港から伊丹空港に行く午前の便があったので、それに乗って大阪まで行き、そこからは新幹線で名古屋に移動した。時間が早かったので、名古屋駅でひつまぶしを食べた。なんとなくほどけてビールも飲んだ。

名鉄犬山《いぬやま》線に乗り換え、江南を目指す。東京生まれの正雄には車窓に映る地方の田園風景が新鮮だった。こんなことでもなければ一生乗らない路線だ。

「なんか、のんびりした所」

美穂も同じことを思ったらしく、目を細めて景色を眺めている。

乗客は高校生と年寄りばかりだった。会社員はみんな自動車で移動するのだろう。だから余計にのんびりして見えた。日が降り注ぎ、居眠りしてしまいそうだ。

途中で各駅停車の普通列車に乗り換え、目指す駅で降りた。駅前には小さな商店街があったが、半分はシャッターが閉まっていて、人通りもほとんどなかった。外観が真新しいのはコンビニだけだ。澄んだ空気を胸いっぱいに吸い込む。そうか、河島は十八歳までこの町で暮らしたのか。そう思ったらますます肩の力が抜けた。

タクシー乗り場はあるが、肝心のタクシーが一台も停《と》まっていない。改札の駅員に聞くと、今日は葬儀があってすべて出払っているとのことであった。自分たちもそれに参列するのだと告げると、徒歩で十五分ぐらいだから歩いたらどうかと言われ、親切に地図のプリントまでくれたので、従うことにした。

住宅と田畑が半々の町をてくてくと歩く。空ではカラスが啼《な》いている。西の空がそろそろオレンジ色に染まりかけていた。

途中、中学校があり、グラウンドでは生徒たちが部活動に汗を流していた。きっと河島の母校だ。道ですれ違う中学生は、いかにも田舎の垢抜《あかぬ》けない十代で、河島も昔はこうだったのかと想像したら頬が緩んだ。

「なんか、旅行の続きみたいでいいね」美穂が言った。河島の亡くなった父親が八十四歳だったおかげで、こちらも気が楽だった。ポックリと逝ったのだ。彼自身も内心はほっとしていることだろう。

斎場に到着すると、建物の立派さに驚いた。さすがは冠婚葬祭に力を注ぐ名古屋文化圏である。

中に入る。ロビーにはすでに会社の同僚たちがたくさんいて、正雄を見つけると、驚いた様子で会釈をしたり、手を上げたりした。

「何だよ、植村。わざわざ来なくていいのに。おう、奥さんまで」

原田が大股で近づいてきて言った。

「ご無沙汰してます」

美穂が挨拶をする。続いて加藤が荷物を持って駆けてきた。

「上に控室があるので、そこで着替えてください」

「加藤君、ごめんなさいね。わたしの分まで」美穂が恐縮する。

「いえ、ついでですから」

案内されて二階に行くと、ラウンジに親族と思われる老人たちがいた。挨拶をすると、河島の叔父や叔母たちとわかった。

「遠いところをすんませんねえ」

人懐こい笑みを浮かべて言う。場の空気からして、悲しみに包まれているといった感じではなかった。河島の父親は天寿を全うしたと、親戚も思っているのだろう。

「よっちゃんがお世話になって」

「いえいえ、こちらこそ」

河島の名前が義男《よしお》だったことを思い出す。そうか、よっちゃんか。五十を過ぎても、河島は彼らの甥《おい》っ子《こ》なのだ。

「河島君はどうですか？　おとうさんを亡くされて、沈み込んでいますか？」正雄が聞いた。

「いやあ、歳やで覚悟はできとったわね。あの子は昔からしっかりしとるで、心配はいらん」

「そうそう。葬儀の手配もてきぱきとこなしとったし、さすがはよっちゃんや。子供の頃からリーダーやったし」

「河島君はどんな子供だったんですか？」

会話の流れで、正雄はついそんなことを聞いた。

「そりゃあええ子やったわ。親戚の中でも一番勉強が出来たし、運動も得意やったし、小学校では児童会長もやっとるし」

「そうやったな。わしらの自慢の甥っ子やった」

「大学も東京の早稲田《わせだ》に行ったし、就職した会社もみんなが知っとる一流企業やし、わたしも鼻が高かった」

叔父や叔母たちが口々に言う。この田舎町から早稲田に進学したとなれば、それは誇らしかったことだろう。河島は親戚中の期待を背負っていたのだ。

「それについこの間、また昇進したそうやね」

「そうそう。通子《みちこ》さんがよろこんどった。うちの息子が局長になったたって」

「お兄ちゃんは知っとったんか」

「知っとった。倒れる三日前によっちゃんが電話で教えたそうやで」

「それやったらええな。最後まで孝行息子やった」

正雄は心の中で苦笑した。わたしが昇進レースで敗けた相手ですよと言ったら、この人たちはどんな顔をするのだろう。

ただもうネガティヴな感情はなかった。今は不思議と清々《すがすが》しい。

礼服に着替え、一階に降りて行くと、加藤が近寄ってきて耳元で言った。

「実は先日、河島さんに呼ばれて少し話をしました」

「うん。それで？」

「おれが営業局を任されることになったから、これからもよろしく頼むって」

「ふうん」

相変わらずの〝人たらし〟めと半分思い、半分は安堵《あんど》した。

「自分としてはすっきりしない部分もあるんですけどね」

「そう言うな。おまえが有能なのは誰だって知ってる。原田さんだって、加藤は絶対に外させないって言ってたんだ」

「そうですけど……」

「この話は終わりだ。おれの分も頑張ってくれ」

正雄は加藤の肩を叩き、会場を見回した。河島にひとことお悔やみを言いたい。

祭壇の近くで河島が誰かと話していた。笑顔が見える。やはり悲しみに暮れているわけではなさそうだ。相手は知らない男たちで、同級生か幼馴染みのように見えた。

正雄は歩を進めた。美穂もうしろをついて来た。人影に気づき、河島が振り返った。

「河島。大変だったな。お悔やみ申し上げます」

夫婦で頭を下げた。

「なんだよ、来てくれたのか。奥さんまで」

河島は一瞬、頬をひきつらせたが、すぐに白い歯を見せた。

「四国を旅行中、知らせを聞いてな。おまえ、おれの親父のときに来てくれたから、おれも参列させてもらう」

「いやあ、親父は大往生だし、そんなに気を遣わなくても……」

「とにかく、気を落とさんでくれ」

「だから落としてないって」

「それから、こんな場所で言うことじゃないけど、今度営業を去ることになるから、うちの部の連中をよろしく頼む」

やっと言えた。それも自然に。

「水臭いこと言うな。頼みたいのはこっちだ」

互いに苦笑した。しばらく見つめ合う。

「ありがとう」河島が頭を下げた。

正雄は無言で同じだけ頭を下げた。

通夜の席で、正雄は河島の遺族席に目が釘付けになった。みんな顔が似ているのである。

「あのうしろの席にいる女の人、絶対に河島さんのお姉さん。目元なんかそっくり」

美穂が横でささやく。正雄はここで噴き出すわけにはいかず、下を向いて笑いをこらえた。河島の二人の子供も父親によく似ていて、息子などは若かったころの河島に瓜二《うりふた》つである。あの息子はどんな青春を送っているのか。そんな想像をしてしまう。似ている親族を見るのは、理屈抜きに楽しく、癒やされた。だいたい祭壇に掲げられた父親の遺影が、河島の三十年後といった顔をしているのだ。

なにやら温かい気持ちになった。美穂が言っていたように、彼にも家族がいて、バックグラウンドがあるのだ。みんなが血でつながっている。

来てよかったと思った。これで真っ白な気持ちで営業を去ることが出来そうだ。

「ちょっと、向かい側の席のおじさんと若者、あの二人絶対に親子だよね。かわいそうに、ハゲるんだ」

「うるさい。黙ってろ」

会場に読経が流れる中、正雄は心がすうっと晴れて行くのを感じていた。

アンナの十二月

1

江口《えぐち》アンナはこの冬で十六歳になった。女なので法律上結婚出来る年齢だ。もちろんそんな予定はないし、高校生なので現実味はまるでないのだが、それでも男子より一足先に大人として認められたのだという感慨があった。自分は、独立の権利を得たのだ。

アンナは十六歳になったのを機に、ひとつ知りたいことがあった。それは自分の実の父親が誰かということだ。

アンナの母親は、アンナが生まれてすぐに離婚し、二歳半のとき、子連れで再婚していた。だから今の父親とは血のつながりがなく、五歳下の弟、拓哉《たくや》とは異父姉弟《きょうだい》ということになる。母の離婚も再婚も、幼児だったから、もちろん記憶にない。

それを知らされたのは十二歳の誕生日の夜だ。弟が寝たあと、両親があらたまった態度で「十二歳になったのだから、話しておきたいことがある」と言い、リヴィングに呼ばれて打ち明けられた。

いきなりのことに頭が真っ白になったが、そのときの両親の真剣な表情はよく憶えている。とりわけ父は顔を赤くして、「血はつながっていないかもしれないが、親子であることに変わりはないし、これからも頼って欲しい」と、アンナを正面から見据えて言った。

一方の母は、「これまで黙っていてごめんなさい」と、他人行儀な口の利き方で何度も謝った。少し目が潤んでいたことも記憶に残っている。

母は前夫とは連絡を取っておらず、今どこでどうしているかも知らないとのことだった。つまり、会いたくても会えないと言いたかったのだろう。

いきなりドラマの主人公のような境遇に置かれ、アンナは黙って聞くばかりだった。とくに質問もしなかった。

思えば不審な点は多々あった。母の若い頃の写真を見せて欲しいと言っても、「なくした」と言って見せてくれなかったし、両親の結婚式の写真も「式は挙げなかった」と、ないことにされた。

一番訝しく思ったのは、アンナという名前についてだ。小学生のとき、自分の名前が大嫌いで、どうして外国人みたいな片仮名の名前を付けたのか、いったいどっちが付けたのか、と両親に聞いたことがあった。そのとき母は「いい名前じゃないの」とはぐらかしたが、父はさっと顔色を変え、その場から逃げていった。以後、子供心に聞いてはいけないことなのだと封印していた。

真相を知らされてショックを受けたが、それで両親を嫌いになることはなかった。父はスーパーの店長で、毎日忙しく働いている。温厚な性格で、怒ることはほとんどない。友人たちからは「やさしいおとうさんでいいなあ」と羨ましがられている。母はずっと専業主婦だったが、弟が小学校の高学年になったのを機に、近所の惣菜店で昼間だけパートの仕事を始めていた。母は芸大出で、若い頃は演劇に熱中していた時期もあったようだ。本棚には今も戯曲集が並んでいたりする。少し勝気なところもあるが、おとなしい父とはうまくバランスを取り合っている。

拓哉は姉と父親がちがうことを知らされていない。母に「まだ早いから」とアンナは口止めされていた。きっと彼も十二歳になったら、呼ばれて告知されるのだろう。

江口家は平凡で平和な家庭だった。だからアンナも、あまり波風は立てたくなかったし、いい子でいたいと思って来た。実の父に対する興味を抑えてきたのは、子供なりの気遣いだ。

でも、大人になる前に、やっぱり聞いておきたかった。自分の父親は誰なのか。そして出来ることなら、一度会ってみたい。このまま人生を続けるのは、何か大きな忘れ物をしたような気がするし、なんだかやるせない。

ちゃんと捜せば、居所だってわかるはずだ。昔の知り合いに聞くとか、元夫の実家に尋ねるとか。それが母にとってとても気の重い作業であることは、アンナにも容易に想像はつくのだけれど。

冬休み前の期末試験が終わるのを待って、アンナは母に言った。拓哉は自分の部屋でもう寝ていて、父は残業でまだ帰宅していなかった。

「ねえ、おかあさん。わたし十六歳になったことだし、ここで一度、本当のおとうさんに会ってみたい」

言葉を発しながら心臓がどきどきした。母の表情がさっと一変する。

「あなたの本当のおとうさんは、今のおとうさんです。戸籍上もそうなってます」

母は慌てているのか他人行儀な口調で言った。

「じゃあ血のつながったおとうさん」アンナは切り返した。「別に会ってどうこうするつもりはないし、もし向こうが会いたくないっていうのなら諦める。でも、このまま知らないで大人になるのって、なんか納得がいかないし、すっきりしない」

母は考え込み、言葉を探している様子だった。母を困らせていることは、アンナも自覚している。でもこれが我儘《わがまま》だとも思えない。

「向こうも再婚してるの？　わたしが会いたいって言ったら迷惑かな」

「迷惑ってことはないと思うけど……」母は吐息を漏らし、「再婚してるかどうかは知らない。離婚してからは一度も連絡を取ってないから」と答えた。

「どこに住んでるの？」

「東京だけど」

「それは知ってるんだ」

「うん。そうね……」

なにやら意味ありげな返事に聞こえた。

「どうしても無理って言うなら諦めるけど」

「おかあさんにも少し考える時間をちょうだい」

「わかった……」

母はかなり動揺した様子だった。おそらくこのあと父に相談するのだろう。この先の煩《わずら》わしさを考えると、アンナも憂鬱だった。でも、やっぱり会ってみたい。

それから三日後、母から住所と電話番号を書いたメモを手渡された。

「これがあなたの実の父親が住んでいるところです」

母は何か覚悟を決めたように、あらたまった口調ではあるけれど、堂々と言った。

「白川和樹《しらかわかずき》という人です。連絡を取ったら、アンナと会うと言ってました。おかあさんと同い年の四十二歳で、今は独身だそうです。実を言うと、おかあさんとは大学の同級生でした」

同級生だったんだ――。アンナはその事実にまず驚いた。だから学生時代の写真を見せてくれなかったのか。

「職業は演出家です。演出家というのは、お芝居の監督をする人です。劇団を主宰していて、本人も役者として舞台に出たりしています」

なるほど、母は芸大の演劇科出身だ。そこで知り合ったのか。謎がするすると解けた。

「その世界では結構有名人です。賞もいくつか獲《と》っている人です。あとはアンナに任せます。自分で連絡を取って、向こうの家に行くなり、どこかで待ち合わせるなり、自由にしてちょうだい。ただし――」ここで一呼吸置いた。「おとうさんの前で、今後この話は一切しないように。お願い」

「おとうさんは知ってるの？」

「知ってます。会わせてあげなさいって言ったのはおとうさんです」

「うん、わかった……」

アンナはしおらしく返事した。父が認めてくれたのなら、気も咎《とが》めない。でもそれより、実の父親の存在がいきなり頭の中を占拠した。演出家で有名人？　賞も獲っている？　これこそがドラマのようだ。

その晩は熱が出た。ウィキペディアで検索したら、白川和樹の名でちゃんと載っていて、たくさんの情報があり、それ以外に写真もあって、ハンサムだったのだ。

アンナは夢を見ているようだった。実の父親にとうとう会える。

翌朝、学校で親友の彩也香《さやか》と若菜《わかな》にこの件を教えると、二人は自分のことのように興奮し、抱きついて離れなかった。家の事情はそれとなく伝えてあったが、実の父親に会ってみたいと話したことはなかった。

「うそー。アンナの実のおとうさんって有名人なんだ」

その点にとくに反応したのは彩也香だった。芸能人が大好きで、一時はジャニーズの追っかけもしていた。

「で、どうするの？　会うの？」

そう聞いたのは、しっかり者の若菜だった。クラス委員を務めていて、男子にもちゃんと物を言う。

「もちろん会いたいんだけどさ、なんか電話するのが怖くて」

アンナが答えた。実際、今すぐ電話をする勇気はない。

「わかる、わかる。だって血のつながった父親だって言っても、記憶が何もないんだもんね。どう呼んでいいかもわからないし」

「そう。会ったらどう呼ぼう。おとうさんだと、今のおとうさんと被《かぶ》っちゃうし」

「名前は変だよね。白川さんって――」

「それ変。向こうだって困るよ」

「じゃあどうするの」

「パパにしたら。無難だし、区別はつくし」若菜が提案した。

「そうだね。でも、ちょっと照れるかな」とアンナ。

「どっちにしろ、会うだけで照れるんだから、パパって呼ぶぐらい我慢しなさい」

「わかった」

その意見に従うことにした。パパか。悪くない――。アンナはここでスマートフォンを取り出し、グーグルで「白川和樹」を検索し、二人に見せた。

「凄い。何ページあるの。完全なセレブじゃん」彩也香が目を丸くする。

「演劇関係のニュースが多いみたい。あとはアマゾンでも本とかＤＶＤが出てる」

「うそー、アンナのパパって本も出してるんだ」

「だって有名な戯曲賞を獲ってるし、そういうシナリオが本になってるんだと思う」

アンナ自身もこのことに興奮していた。自分の本を出すなんて、特別な人間にしかできない業《わざ》だ。

「凄いなあ。わたし、うちのおとうさんの名前をググったことあるけど、区の防犯協会の名簿に理事で名前が出てるだけだったもん。ただの一般ピープル」

「うちも一緒。区役所の職員だから、区の広報紙で隅っこに名前が出るくらい。わたし、初めて有名人を身近に感じた」

彩也香と若菜が口々に羨む。アンナは、悪い気はしなかったが、うちの父も似たようなものだと思った。

父は、同姓同名の代議士と科学者がいて、結構ネットに名前が出ているが、本人が登場しているのはただひとつ、スーパーのホームページに店長として出ているだけだ。にっこりと微笑んで、「お客様のニーズにお応えします」という台詞《せりふ》と共に顔写真が載っている。見つけたときは少しいやな気分だった。おばさん相手の作り笑いが卑屈に見えたのだ。

アンナはさらにパパの写真を二人に見せた。グーグルの画像検索でいくらでも出てくるのだ。

「きゃーっ。カッコいいじゃん」彩也香がアンナからスマホを取り上げ、顔を近づけた。

「背高い。顔もちっちゃい」若菜ものぞき込んだ。

「うそーっ。この写真の隣にいるの、女優の吉川《よしかわ》ありさじゃん」彩也香がのけぞった。

「そうなの。制作発表のときの写真らしいけど」

「ねえ、ねえ。これ、タイフーンの宮崎信人《みやざきのぶと》」若菜が目を丸くした。

「うん。信人が出た舞台の脚本・演出がパパだったみたい」

「ちょっと、パパに頼んで信人に会わせてもらおうよ」

彩也香が真剣な顔で腕を揺すった。

「そんな……。まだわたしがパパに会ってもいないのに」

「ずるーい。こんなパパがいたら、アンナ、芸能人になれるよ」

「それは大袈裟。だいいち、そんなつもりないもん」

「ねえ、アンナのおかあさん、どうしてこの人と離婚したの？」

若菜がもっともな疑問を口にした。実はアンナもゆうべからずっと思っていたことだ。この、素敵で才能あるパパと別れて、どうして平凡な今の父と再婚したのか。

「さあ。それは聞いてないけど」

「そうだね。親子でも聞けないね」

「パパが浮気したんじゃないの。絶対モテそうだから」

彩也香が遠慮のないことを言う。確かに考えられる。母は夫の浮気を許すタイプではなさそうだ。

「とりあえず電話してみたら。それをしないと始まらない」

「うん、わかってる。でも勇気がない」アンナはパパの写真を見てため息をついた。

「放課後、かけなさいよ。そばにいてあげるから。会いに行くときは、家の前までついて行ってあげる」

「そうそう。うちら親友同士じゃん。いくらでも頼ってよ」

二人が励ましてくれるので、やや気持ちが傾いた。

「時間が経つと、余計にかけ辛くなるよ」

若菜が大人のようなことを言う。アンナは確かにその通りだと思った。今日の授業は頭に入りそうになかった。

放課後、薙刀《なぎなた》の部活を終えてから、アンナはパパの携帯に電話をかけた。同じ部の彩也香と若菜も道場に残り、そばで見守ってくれた。

パパはすぐに出た。娘からの電話を予期していたのか、「あの……」と言っただけで、番号をタッチする手が震えた。心臓が破裂しそうなほど高鳴っている。

「アンナさんですか」と向こうから言ってくれた。

「はい。そうです」アンナは声が上ずった。

「初めまして……じゃないか。でも、初めましてって感じだよね。あなたが生まれたときの父親です」

「はい……」

パパの声を聞いたらあがってしまい、何も言えなくなった。

「電話をくれてありがとう。勇気がいったと思います」

「はい」

「十六歳になったんだってね。おめでとう」

「ありがとうございます」

「一応、親子なんだし、そんな丁寧な言葉遣いしなくていいよ」

「はい」

それでも緊張が解けないアンナに、電話の向こうでパパが「うふふ」と笑っていた。

「君のおかあさんに聞いたよ。ぼくと会いたいそうだけど、よかったら一度家に来ない？　場所は代官山だけど」

「行ってもいいんですか？」

「もちろん。喫茶店とかだと落ち着かないし、公園は寒いし、面倒でなければどうぞ」

「はい。行きます」

パパが明日の夕方はどうかと言ってきた。アンナは「はい」と即答した。心の準備が間に合うかと一瞬心配したが、間があく方が怖くなりそうだ。

駅からの道順を聞く。メモを取るのだが、気持ちが上ずって、何を書いているのかわからなくなった。住所のメモがあるから何とかなるだろう。

電話を終えたら倒れそうになった。二人が駆け寄り支えてくれた。これまで生きてきた中で一番の緊張だった。明日はもっと凄いことになりそうだけれど。アンナは長湯でのぼせたかのように、全身が熱っぽかった。

2

　翌日は家の用事があると言って部活を休んだ。彩也香と若菜は補習を理由に部活を休み、その補習をサボって付き合ってくれた。

　昨夜、あらためてネットでパパを検索すると、実に数多くのサイトにパパの名前が載っていた。中には「女たらし」とか「金にずぼら」といった中傷もあり、アンナは思わず目をそむけたが、それも有名人の宿命だろう。ファンサイトもあり、熱心な支持者もたくさんいるようだった。有名な女優と噂になったことも過去にはあったようで、アンナはあらためてパパが別世界の住人であることを意識した。果たして自分になど関心を持ってくれるのだろうか。

　代官山の駅を降り、住所を頼りに家を探すと、閑静な住宅街の中の荘厳なマンションにたどり着いた。築年数は古そうだが、全体にヴィンテージ感があり、値段も高そうだった。

「これ絶対に億ションよ」若菜が建物を見上げ、ため息交じりに言った。

「ねえアンナ、どうする？　パパはお金持ちだよ。ここの家の子になったら？」彩也香は興奮して腕を揺すった。

アンナはそれどころではない。緊張で何も考えられないのだ。

二人には駅前のカフェで待っていてもらい、アンナは一人でマンションの玄関をくぐった。まるでホテルのようなエントランスホールにはフロントがあり、管理人らしきおじさんが、胡散臭《うさんくさ》げな目で制服姿の女子高生を見つめている。

インターフォンの前まで行き、ひとつ深呼吸して、部屋番号を押した。

「はい」パパの声が聞こえた。

「アンナです」

「どうぞ」

ドアが開いた。管理人が打って変わって笑顔で見送ってくれた。

ふかふかの絨毯《じゅうたん》を進み、エレベーターに乗り、目的の階で降りる。地に足が着かないとはこのことか、アンナは自分の足で歩いている気がしなかった。喉がカラカラに渇き、てのひらが汗でじっとりと湿った。

部屋の前まで来て、チャイムを鳴らそうと指を伸ばしたとき、カタンとロックを外す音がして、扉が開いた。パパが立っていた。

「どうも。こんにちは」

パパが笑顔で言った。ただし頬が小さく引きつるのをアンナは見逃さなかった。向こうも緊張している——。そう思ったら少し気がらくになった。

「こんにちは。アンナです」丁寧に頭を下げる。

「散らかってるけど中に入って。美味《おい》しいケーキがあるから」

パパが中に招き入れてくれる。アンナは、玄関に入って周りを見回しただけで圧倒された。壁に飾られた大きな油絵、棚に並ぶ美術品、暖色のライトが美術館のようにそれらを照らしている。リヴィングに案内されるともっと驚いた。二十畳以上はありそうだ。壁一面の本棚は本と雑誌、ＣＤとＤＶＤで埋まり、収まりきらないものは床に積んである。隅には中世の騎士の鎧《よろい》が立っていて、その隣では等身大の木製の彫像が鎮座している。家具はどれもアンティークな味のあるものばかりで、異次元空間に紛れ込んだような錯覚を覚えた。普通の家とはまったくちがう、生活の匂いのしない、芸術家の住処《すみか》だ。

ソファを勧められ、腰を下ろす。パパがキッチンから紅茶とケーキを運んできた。

「近所のケーキ屋さんで買って来たんだけど、口に合うかな。ああ、らくにしてね。なんなら胡坐《あぐら》かいてもいいし、って女の子がするわけないか」

パパがジョークらしきことを言うが、空気は硬いままだ。

「ええと、アンナって呼んでもいい？」

「うん」はい、ではなく、うんと言えた。

「じゃあ、ぼくのことは何て呼んでもらおうか」

「パパでいいですか」

「いいけど、うちのおとうさんは何て呼んでるの」

「おとうさん」

「じゃあ、パパでいいか」

二人して紅茶に口を付ける。沈黙が流れた。ティーカップとソーサーの、カチャカチャと当たる音だけが響く。パパも明らかに緊張していた。それはそうだろう。自分の娘との十六年ぶりの対面。それも実際は初対面のようなものだ。

「高校一年生だよね。どんな学校に通ってるの」パパが聞いた。

「都立の多摩川高校」

「ああ知ってる。優秀なんだね。部活は何してるの」

「薙刀」

「へえー。変わった部があるんだね。でも姿勢がよくなるから、若い頃に武道をたしなむのはいいことだよね。パパの劇団にも剣道や拳法の経験者がいるけど、みんな姿勢がいいから、舞台でも映えるんだよね。ああ、そうだ。パパの仕事のことは聞いたんだよね」

「うん。ネットでも見た」

「そうかあ、ネットかあ。悪口も書いてあっただろうなあ」

パパが頭を掻く。また沈黙。都心なのに驚くほど静かだった。マンションが頑丈だから、音を通さないこともあるのだろう。アンナも何か話さなければと思ったが、適当な話題が見つからない。

「君のおかあさんに聞いたよ。アンナはいい子に育ってるって。弟の面倒もよく見て、家の手伝いもしてくれるって」

母はそんなことを言ったのか。半分はお世辞だろうけど。

「パパも安心したよ。ずっと放っておいて、アンナに何か言う資格はないけれど、一応は血がつながっているんだし」

パパが指でソファの肘掛を叩いていた。落ち着かない様子だ。

「もしかしたら、パパたちが離婚して、アンナを苦しめたのかもしれないね。大人の都合で振り回しておいて、その後のフォローもしてなかったし、その点については申し訳ないと思っている」

パパが謝罪の言葉を口にした。

「でも、君のおかあさんが再婚したって聞いて、新しいおとうさんの手前、これは会わない方がいいなって思って――。いや、これは言い訳だね。勇気がなかったんだと思う。パパは若くて愚かだった。アンナ、すまない。許して欲しい」

大人に頭を下げられてアンナは面食らった。そんなつもりで来たわけではないのに。

「あの、わたし、怒ってないから」アンナは慌ててかぶりを振った。「わたしが会いに来たのは、本当のおとうさんがどんな人か単純に知りたかっただけで、恨んでるとか、そういうの、一切ないし……」

「そうなの？」パパが顔を上げた。

「そう。だってわたしグレてないもん」

「そうだね。髪も黒いし」

「あ、夏までは染めてた。今は黒が流行《はや》りだから」

「そう」

とんちんかんな会話をする。

「でも、会えてよかった」

パパが吐息をつき、微笑んだ。きれいな歯並び、やさしい目尻。どきっとするくらいチャーミングだった。

「アンナに、どうして今まで放っておいたんだって怒られたら、どうしようかと思ってた」

「そんなことしない」

「実を言うと、ゆうべは心配であまり眠れなかった」

「あ、わたしも」

二人で笑ったら、肩の力が一気に抜けた。

「アンナ、美人だね。学校でモテるだろう」とパパ。

「ううん。全然。パパこそモテモテでしょ」アンナが言い返す。

「全然だよ。この部屋見てごらんよ。女っ気があると思う？」

「えーっ、わかんないけど」

いきなりなごんだムードになり、アンナはうれしくなった。パパは面白い人のようだ。それにカッコいい。

心の奥底から温かくなった。勇気を奮って会いに来て、本当によかったと思った。これまでの人生で、一番劇的な一日だ。


パパの家には一時間近くいた。すっかり打ち解け、もっといたかったが、外が暗くなったのと、駅前のカフェに彩也香と若菜を待たせているので、帰ることにした。

「今度は恵比寿の稽古場に遊びにおいで」とパパが言うので、日取りも決めた。学校の終業式の日でクリスマスイヴの十二月二十四日だ。パパにクリスマスプレゼントをあげたい。

マンションを出たら自然と早足になり、最初の角を曲がる頃には駆け足になっていた。本当はスキップでもしたい気分だ。じっとしていられない。

駅前のカフェに飛び込み、マラソンのゴールのように両手を広げ、二人に抱きついた。

「ねえ、どうだった？」

「よかった。会えてよかった」

アンナはポロポロと涙をこぼした。感極まったのだ。周りの客がぎょっとしている。

「落ち着いて、落ち着いて。何飲む？　コーヒー？　ラテ？」

「走って来たからコーラがいい」

お金を渡し、買って来てもらった。二人に頭を撫《な》でられ、コーラを飲んで気持ちを落ち着かせる。

「何から話していいかわからない」とアンナ。

「わたしたちも、何から聞いていいかわからない」と若菜。

「じゃあ、わたしの名前の由来。十六歳になって初めてわかった」

「何のこと」

「アンナってパパがつけた名前なんだって。聞いたら教えてくれた。アンナ・カリーナっていうゴダールって監督の映画に出てくる女優がいて、パパはその女優がずっと好きだったから、その名前から取ったんだって」

「知らないけど、なんか凄いじゃん」

「わたしずっと自分の名前が嫌いだったから、今日初めて悪くないなって思えるようになった」

「アンナ・カリーナね。憶えとく」

「映画の本で写真を見せてもらった。パリで活躍した元モデルで、クールビューティーの走りだった人なんだって」

「いいじゃん、そんな人の名前なら」

「そうなのよ。今度ツタヤでＤＶＤ借りて観るの」

名前の由来の話だけで十五分も盛り上がった。続いては、パパの部屋のインテリアと本棚の話で十五分。そのあとパパが真面目な顔で謝った話で十五分。話すことならいくらでもあった。

「離婚の原因とかは聞かなかったの？」彩也香が聞いた。

「それ聞くのはマズイんじゃないの。親子でもプライバシーはあるよ」

若菜が、アンナが思っていることを代わりに言ってくれた。

離婚の原因は知りたいけれど、無理に聞きたくはない。大人の事情は、まだ十六歳の自分にはわからない。

一時間以上、カフェでおしゃべりをして、続きはまた明日ということで、それぞれ家路についた。高揚した気持ちは冷めることなく、街の景色までちがって見えた。自分は運命に導かれて、この日を迎えた。これまで平凡だった女の子の頭上に、突然ティアラが下りてきた、そんなシンデレラの気分だ。

電車の中で、アンナは何度もパパの笑顔を思い返していた。

家に帰ると、母が台所で夕食の支度をしていた。拓哉はリヴィングでテレビゲームに夢中になっていた。「やった」とか「あーっ」とか一人で騒いでいる。五年前に両親が買った多摩川沿いのマンションは、まだ真新しくて、自分の部屋もあって、気に入っているのだが、パパの家を見たあとなので、さすがにみすぼらしく思えた。家具を見ても、ペラペラの合板で出来たオモチャのようなものばかりだ。

黙っているわけにもいかないので、母のそばまで行き、小声で「今日、パパに会って来た」と言った。母は一瞬表情を曇らせたが、それでもすぐに微笑み、「そう」と返事した。

「わたしパパって呼ぶことにした。おとうさんだと被るから」

「そう」

「すっごいマンションに住んでた」

「売れっ子演出家だからね。一人だし、いくらでも贅沢出来るんじゃないの」

「わたしに謝ってた。これまで放っておいてすまなかったって」

「そう」

「アンナの名前の由来も聞いた」

「そう」

母は「そう」としか言わなかった。目を合わせず、夕食作りを続けている。

「おかあさんは、パパがアンナって名前にするって言ったとき、何て言ったの？」

「さあ、昔のことだから忘れた。……まだいやなの？」

「ううん。今日、話を聞いたら好きになった」

「じゃあ、よかったじゃない」

そこへ拓哉がやって来た。

「ねえ、何の話してるの？」

「何でもありません。子供には関係ない話」

アンナがおでこをつついて言った。こうするとむきになるので、いつもからかっている。

「そっちだって子供じゃないか。選挙権ないくせに」

「あら？　新ネタが出たね。勉強したねえ。えらい、えらい」

頭を撫でると、拓哉はますますむきになって、手を振り払った。

「あんたも十二歳になったら、半分だけ大人扱いしてあげるから」

「なんで十二歳なんだよ」

「それはね——」

「アンナ。やめてちょうだい」母が言葉を遮った。「拓哉、夕食だから、ゲーム機を片付けなさい」

拓哉が素直に従う。

「拓哉に余計なことを言わないこと」母が怖い顔をして小声で言った。

「わかってるって」

「それから、おとうさんが帰って来ても、今日のことは言わないように」

「わかった」

母は、あまり愉快ではない様子だった。離婚した相手だから、思い出したくないのだろう。でも、実の父だから仕方がない。これはアンナのせいではなく、母のせいだ。

父はいつも帰りが遅いので、この夜も母子三人で夕食をとった。母はあまりしゃべらなかった。暗い表情で黙々と食べている。拓哉も空気を察したのかおとなしかった。テレビの音声だけが響いている。

アンナは母にも聞きたいことがいろいろあった。離婚の理由とか、自分が生まれたときパパはどうだったのかとか。

ただ、しばらく様子を見た方がよさそうだ。別れたのだから、いやな思い出の方が多いに決まっている。

その夜は、またネットでパパの名前を検索した。有名人のブログにもパパの名前を見つけ、あらためてその地位に驚いた。女優の藤原綾香《ふじわらあやか》が《今度の舞台、演出は白川和樹さん。とっても楽しみ》と書いていて、思わずベッドから跳ね起きた。しばらくはこの行為に夢中になりそうだ。

夜の十時近くになって父が帰って来た。スーパーは年末商戦で、このところずっと帰りが遅い。リヴィングで母とぼそぼそと何か話している。きっと娘がパパに会いに行ったことを伝えているのだろう。

父は真面目で腰の低い人間だった。主婦相手に毎日頭を下げているうちにそうなったのか、誰かに無理を言われても、怒ることなく、場を収めるところがあった。怒りんぼうの父よりはずっといいが、物足りなく思うときもある。

一度、父の勤めるスーパーに友だちと買い物に行ったことがあった。そのとき店の前でワゴンセールをしていて、法被《はっぴ》を着た父が先頭に立ち、「いらっしゃい、いらっしゃい」と大声で呼び込みをしていた。アンナは友だちにその姿を見られるのが恥ずかしくて、Uターンしてしまった。

母にそのことを話したら、珍しく血相を変えて怒った。「誰のおかげで食べていけると思ってるの」と。アンナは謝ったが、納得したわけではない。女の子なら誰だってカッコいいおとうさんが欲しい。

両親の会話はしばらく続いていた。

3

終業式の日、学校帰りに、彩也香と若菜を誘って恵比寿の稽古場へ見学に行った。パパに《友だちと一緒でもいい？》とメールで聞いたら、《もちろん！》と返事があったからだ。彼女たちは大喜びだった。あとで調べたら、パパの主宰する劇団には、テレビや映画に出ている俳優が何人もいることがわかった。もしかしたら、その人たちに会えるかもしれない。

入り口で劇団員らしき人に白川和樹の娘だと告げたら、話が通っていて、中に案内された。果たしてそこには見たことのある顔が何人もいた。

「あの人、ほら、フジの月9に出てたほら――」

「浅瀬《あさせ》しのぶ」

「そうそう」

三人でいきなり盛り上がってしまう。

俳優陣を前にしてアンナはさすがに緊張した。広い稽古場のどこにいていいかわからない。

そこへパパが現れた。「よう。来たな」髪をかき上げ、白い歯を見せる。

アンナが彩也香と若菜を紹介する。二人は顔を紅潮させ、よそ行きの声で挨拶した。

「おい、しのぶ。おれの娘のアンナ。うそじゃないだろう」パパが言った。

「えーっ。そうなの」浅瀬しのぶが目を丸くしている。「噂には聞いてたけど、本当に娘さんがいたんだ」

その場にいる全員が、「へー」とか「ほー」とか、口々に声を発し、親しみを込めた目をアンナに向けた。

「アンナちゃん可愛い。高校生？」

浅瀬しのぶがそばまで来て握手を求めた。

「一年生です」

「いいわねえ。肌なんかピチピチ」

そう言って頬を触る。アンナは心の中で「きゃっ」と悲鳴を上げた。

「白川さんにちょっと似てるかも。アンナちゃんも劇団に入るの？」

「いいえ。とんでもないです」

アンナは焦ってかぶりを振った。でも、いやなわけではない。

「おい、しのぶ。まだ十六歳なんだから、妙な誘惑をしないでくれ。おれとはちがって堅気の道を進むんだよ」

パパがぞんざいに言った。有名女優を呼び捨てだ。パパがますますカッコよく見えた。

稽古場の片隅にパイプ椅子が用意され、三人で腰を下ろす。若い劇団員がお茶を出してくれた。

「アンナのパパ、カッコいいー」彩也香が身をよじりながらささやいた。

「ずるい、ずるい。アンナ、いきなりセレブの娘じゃん」若菜は非難めかして言う。

「それは大袈裟だって。クラスで聞いても、パパの名前知ってる子は一人もいなかったじゃない。演劇界では有名かもしれないけれど、世間的には普通の人だって」

「また謙遜して。本当は芸能界デビューだって考えてるくせに」

「そんなわけないでしょう。やめて」

アンナは冷静を装うものの、内心は夢見心地だった。

女の子は〝運命〟に弱い。占い好きなのもそのせいだ。降って湧いたストーリーに、今は完全に酔っている。

稽古は役者たちが台本を手に持って、簡単な振りを付けながら、演技の土台作りのようなことをしていた。ところどころでパパの注文が入る。

「そこはもっと抑揚を付けて」「だめだめ。相手の目を見て言わないと」「表情に切実さがない。そこは無言で訴える場面でしょう」

結構大きな声だった。がらんとした空間にパパの声が響く。年配の役者たちもパパの指示に素直に従うのが凄いと思った。この場で一番偉いのがパパなのだ。

アンナは自分もこの輪に加わりたいと思った。これまで将来何になりたいか具体的に考えることはなかったが、今決まった。女優か演出家だ。目立つほどの美人ではないが、スタイルには密かに自信があるし、顔だって小さい。それに主演女優でなくてもいい。劇団には小太りの人も、団子っ鼻の人も、背の低い人もいた。それでも与えられた役を生き生きとこなしている。自分は夢中になれる仕事に就きたいのだ。

彩也香と若菜も同じ気持ちなのか、「いいなあ」とため息ばかりついていた。

およそ三時間の稽古を飽きることなく眺めていた。

稽古が終わり、アンナはパパにクリスマスプレゼントを手渡した。雑貨店で買ったスヌーピーの手袋だ。本当はもっといい物をあげたかったが、高校生の小遣いではこれが精一杯だ。

パパは包みを開くなり、顔をくしゃくしゃにして、大袈裟なほどよろこんでくれた。

「アンナ、ありがとう」ハグしてくれた。

そしてパパからもプレゼントがあった。

「はい、これ。気に入るかどうかわからないけど。メリークリスマス」

手渡された紙バッグの中身は、バーバリーのマフラーだった。

「きゃーっ」アンナは思わず声を上げ、パパに飛びついた。劇団員たちが笑っている。

バーバリーとは、さすがは売れっ子の演出家。パパはアンナが見る、初めてのお金持ちなのだ。父からのクリスマスプレゼントは、いつもスーパーで売れ残ったケーキだけだ。

「パパ、ありがとう」つい涙ぐんでしまう。

「白川さん、わたしたちにプレゼントはないの」

浅瀬しのぶがおどけて言った。

「そっちこそないのかよ」

パパが言い返し、みんなで笑う。俳優たちから相手にされてアンナはご機嫌だった。そうか。親の威光とはこういうことなのか。初めて味わった。勇気を出してパパに「会いたい」と言わなかったら、一生縁がなかった。ますます運命を感じる。

彩也香と若菜が浅瀬しのぶと一緒に写真を撮りたいと言うので、本人に頼んだら、「いいわよ」と快諾してくれた。

それぞれのスマホでツーショットを撮り、アンナはパパとの写真も撮ってもらった。きっとLINEを通じて明日には学校の友だちみんなに流れることだろう。アンナとしては鼻高々だ。

帰りの電車の中で、彩也香が「わたしもセレブなパパが欲しい」と拗《す》ねたように言った。

「うちのおとうさんなんか、ただの営業のサラリーマンだもん。毎朝七時に家を出て、夜になると帰って来る。その繰り返し。趣味はゴルフと麻雀。海外出張とか、有名人との付き合いとか、そういうの一切なし」

「うちだって一緒。おとうさんは堅物の区役所職員。自分は出世が早い方だって威張ってるけど、娘にそんなこと言われてもねえ。区長になれるわけでもなし。マスコミに取り上げられるわけでもなし」

若菜も父親を見下すようなことを言う。

「それだったらうちも一緒じゃん。おとうさんはスーパーの店長。店長って言っても別に偉いわけじゃないよ。雇われだもん。買い物のおばさん相手にぺこぺこ頭下げて。スケールちっちゃ」

アンナも負けじと同調した。パパと出会ってからは、父を軽んじる気持ちが生じてきた。やさしい父だが、平凡過ぎるのだ。

高校生になって、アンナたちは男子を冷静に値踏みするようになった。それまでは顔がいいとか、スポーツが得意だとか、面白いとか、そういったパーソナリティーで好きになったが、そこにもっと大きな項目が加わった。将来性とブランドだ。どこの高校に通っているのか、家は金持ちか、何かの才能を持っているか。それらのチェックを抜きに評価することはない。どんなにハンサムでも、偏差値の低い高校の生徒だとたちまち恋愛対象から消える。高校生の世界には、ランクがあるのだ。そしてそれに当てはめるなら、パパは世間の父親たちとはちがうランクの人間なのだ。持っている力の差は歴然だ。

「ねえアンナ。パパの養女になったら？　お嬢様の暮らしが出来るかもしれないよ」

彩也香が言った。

「うん。それいいかも。留学させてもらえるよ。アンナ、留学したいってずっと言ってたじゃない」

若菜も焚き付けた。

そうか、留学か――。アンナは、中学の頃からカナダかオーストラリアに留学するのが夢だった。資料を取り寄せたこともあったが、お金がかかり過ぎるのでうちでは無理だと諦めていた。

急に気持ちが高ぶった。養女はともかく、パパにおねだりしたら留学費用を出してくれるかもしれない。パパのおかげで、今の自分には選択肢が増えている。

「ここは養女しかないね。それで江口アンナ改め白川アンナになるわけ」

「白川アンナ。いいじゃん。芸名いらないよ」

二人はまだ言っている。アンナは自分が話題の中心にいることに満足していた。こんなに構われるのも、生まれて初めてのことだ。

家に帰ると母がすぐマフラーに気づき、「それどうしたの？」と聞いた。

「パパにもらった。クリスマスプレゼント」

アンナが答える。母の表情がまた曇った。いやそうに見えたので、ひとこと言いたくなった。

「いけない？　パパからプレゼントもらっちゃいけない？」

「いけなくはないけど……」母が返事に窮している。「あなた、白川さんからお金はもらってないわよね」

「もらってない」

「ならいいけど……」

「お小遣いをもらっちゃいけない？」

「いけません。月の小遣い、ちゃんとあげてるでしょう」

「じゃあさあ、留学費用を出してもらうのはだめ？」アンナが話の流れで切り出した。

「ちょっと。あなた、それ、白川さんに言ったわけ？」母が顔色を変えた。

「まだ言ってないけど」

「まだって――。やめてちょうだい。アンナは江口家の子です。白川さんは血のつながった父親かもしれないけど、アンナをここまで育てた父親はうちのおとうさんです。思いちがいをしないように」

母が拒絶するので、アンナは不満を覚えた。

「いいじゃん。向こうのパパはお金持ちなんだから。娘が親から留学費用を出してもらって何が悪いのよ」

「あなたの父親はうちのおとうさんです」

母がたたみかけるように言う。これまでにない真剣な顔だった。気圧《けお》された形でアンナが黙る。

「勝手に決めないでよ」

つぶやくように言い捨てると、自分の部屋へ駆け込んだ。布団を被って丸くなる。母が面白くないことはわかるが、それは成功したパパへの嫉妬ではないのか。腹を立てるのは、自分が貧乏くじを引いたからだ。

反対されて、ますます留学したくなった。パパはお金持ちなのだ。

夜の九時過ぎに父が帰って来た。「おーい、ケーキがあるぞ」とリヴィングから声を上げる。拓哉が「やったー」と無邪気によろこび、自分の部屋から飛び出していった。

アンナは部屋でスマホをいじっていた。どうせ売れ残りのケーキだ。とくに食べたいとも思わない。

「お姉ちゃん、ケーキだよー」と拓哉が叫ぶ。「アンナ、おとうさんがケーキ買って来たんだからいらっしゃい」母の声もした。

アンナは渋々リヴィングに行った。親子四人でテーブルを囲む。この前パパの家で供されたケーキは、代官山の有名店のものだった。見た目も味も、まるでちがっていた。なんてことはない二千円ぐらいのケーキだ。

「おいしい、おいしい」拓哉はうれしそうに口に運んでいる。

「拓哉、わたしのも食べる？」半分だけ食べて、皿を押しやった。

「なんだ、ダイエットか」と父。

「ちがいます」素っ気なく答えた。

「珍しいな。スイーツ好きのアンナが」

「ねえ、おとうさん」不意に言いたくなった。「わたし、来年、オーストラリアかカナダに留学したいんだけど」

「アンナ」母が咎めるように名前を呼んだ。

「留学かあ」父が顔を引きつらせる。

「ねえ、だめ？」

「アンナ」母が語気を強めた。

「一年間も外国で暮らすのは大変だぞ。それに単位は別だから、高校を卒業するのに四年かかるぞ」

父は目を合わせず、宙を見て言った。アンナは意地悪な気持ちになった。

「それでもいい」

「夏休みだけのサマースクールとか、そういうのはどうだ」

「ちゃんと現地の高校で一年間勉強したい。うちにはそういうお金、ない？」

「ないことはないけど」

「出してくれる人がいたら？」

「アンナ。やめてちょうだい。その話はあとでおかあさんが聞きます」

母が目を吊《つ》り上げて言った。拓哉はただならぬ空気に呆然《ぼうぜん》としている。

父は黙ってしまった。出してくれる人が誰か、すぐに理解したのだろう。

アンナは、動揺する父を初めて見た。その姿はいかにも頼りなげで、小さな人間に映った。アンナの中で、父のランクが急降下した。やっぱりパパとは比べ物にならない。

4

冬休みは毎日部活があった。文武両道が学校のモットーで、休ませてもらえないのである。理由の半分は生徒を自由にさせたくないということだろう。おかげで生徒はアルバイトも出来ない。

　ただ彩也香と若菜とは毎日部活後におしゃべりの時間が持てて、その点だけは満たされた。話題はもっぱらパパとアンナの身の上のことである。

「わたしさあ、マジでパパの養女になろうかなあ。だって今のおとうさんの娘でいるのと、人生がまったくちがうものになりそうなんだもん」

「そうだね。芸能界デビューだって夢じゃないし」

「彩也香はその話ばっかり。わたし、芸能人になる気なんてないって」

「でも、演劇の仕事がしたいって言ってたじゃない」

「だからそれは演劇。芸能人にはなりません」

　まるで望めばなれるような言い方だが、アンナはそんな気になっていた。

「留学はどうするのよ」若菜が聞いた。

「絶対に行きたい。パパがお金を出してくれるのなら、おかあさんに反対する権利なんてないはずじゃん。わたしの自由だよ」

「パパは出してくれるって？」

「それはこれからお願いするんだけど」

　アンナは、パパなら快く出してくれると思っていた。あのあともう一回パパと会っていたが、パパは恋人のようにやさしかったし、娘に照れていた。そして十六年間音信不通にしていたことの、罪滅ぼしをしたがっていた。一万円チャージしたSuicaを、「これは交通費。おかあさんには内緒」とくれたりするのだ。

「あのさあ、余計なお世話かもしれないけど、留学費用の件は、家族でちゃんと話し合った方がいいよ」

若菜が奥歯に物が挟まったような言い方をした。

「どういうこと？」

「わたしさあ、アンナが本当のパパに会って、その人が演劇界の有名人でお金持ちだったって話を、うちのおかあさんにしたのね。そしたら横で聞いてたおとうさんが、同情するような顔して、留学費用をねだるのはマズイんじゃないかって」

「どうして？」

「育ての親のメンツが立たないだろうって」

「そんなこと言われたって――」アンナはむっとした。「じゃあ我慢しろって言うの？」

「それはわからない。でも、うちのおとうさんが言うには、そんな凄い実の親が現れたら、平凡な会社員をやってる育ての親は太刀打ち出来ないから、きっとアンナのおとうさんは今落ち込んでるはずだって」

「それはおとうさんの問題であって、わたしのせいじゃない。悔しかったらパパより成功すればいいだけのことじゃん」

アンナが言い返した。

「理屈ではそうかもしれないけど、才能は平等にあるわけじゃないでしょう。賞とかもらってる演出家と比較されたら、立つ瀬ないと思うなあ。わたしも最初はアンナのパパにぽうっとなって、カッコいいなあ、あんな人の娘になりたいなあって思ったけど、おとうさんと話をしたら、考えが変わった。アンナ、パパに留学費用をねだるのやめた方がいいよ」

「ひっどーい。若菜、妬《や》いてんでしょう」

腹が立ったので、きついことを言ってしまった。

「妬いてないよ。何言ってんの」

若菜も気色《けしき》ばんだ。

「ちょっと、喧嘩やめようよ」彩也香が割って入る。

「若菜が変なこと言うから」

「アンナがのぼせてるから」

「のぼせてるって何よ」今度こそ頭に血が昇った。「わたし一人で帰る」

アンナはバッグを担ぐと大股で道場を出た。小さな喧嘩は毎度のことだが、今回はいつも以上に腹が立った。パパが現れた以上、自分には父親を選ぶ権利があるはずだ。それは人が口出しすることではない。友だちでも、母親でも。

むしゃくしゃするので、その足でパパの稽古場に行くことにした。メールしたら、《見学ならいつでもいいよ》と返事をくれたのだ。

その日は衣装の打ち合わせで、俳優陣はいなかったが、デザイナーやプロデューサーの肩書を持った人たちが、たくさんの衣装を前に、侃侃諤諤《かんかんがくがく》の議論を交わしていた。この光景もアンナには刺激的だった。ひとつの舞台には多くの人が関わっているのだ。そしてここにいる人たちは、各自が才能や技術を持っていて、替えが利かない。自分もこんな世界の一員になれたらどんなにいいことだろう。ほとんどの大人は、お金のために働いている。うちの父もそうだ。でもパパは好きなことをして生きている。

打ち合わせが終わると、近くの洒落たカフェに連れて行ってくれた。「先生、こんにちは」支配人らしき人が笑顔で出迎える。そうか、世間でパパは先生と呼ばれているのか。自分まで晴れがましくなった。

「これ、ぼくの娘」パパが紹介し、また驚かれる。パパは顔が広い。

この日はパパの仕事のことをいろいろ聞いた。どうして演出家になろうと思ったのか。どうすればなれるのか。アイデアはどんなところから生まれるのか。パパは面倒がらず、ひとつひとつ丁寧に答えてくれた。留学費用の件はまだ切り出す勇気がなかった。パパと自分はまだ〝よそいき〟なのかもしれない。

でも、パパと母の離婚の理由については聞くことが出来た。パパが、「小さい頃のアンナと遊べなかったのは残念だったなあ」と言ったので、つい聞いたのだ。

「離婚の理由かあ……。お互い若かったからね。我を張ることもあったし」

パパが遠い目をして言う。なるほど、パパはともかく、母の我が強いことはよく知っている。おとなしい父だから衝突しないで済んでいるのだ。

「でも、一番の原因はパパの留学かな」

「えっ。パパ留学してたの？」アンナは驚いた。

「アンナが生まれてすぐの頃、当時の文部省の支援でイギリスに国費留学出来ることになってね。パパ、どうしても本場で演劇の勉強をしたかったから、それでおかあさんとアンナを日本に残して、一人で二年間留学しちゃったわけ。まったく自分勝手だよね。おかあさんに見限られたのは当然だと思う。あるとき離婚届が航空便で送られてきて、判を捺《お》して送り返して欲しいって――。それまでもパパは家庭を顧みなくて、我儘し放題だったからね。たぶん、最後のチャンスだったんだと思う。パパが頭を下げて、一度帰国すれば許してもらえたかもしれない。でもパパも意地っ張りだったから、じゃあ離婚してやるよって、判を捺して送り返しちゃった」

「そうだったんだ……」

初めて知った。そういうことがあったのか。母はおくびにも出さなかった。

「若いということは、愚かだということだ。パパがまさにそうだ。深く反省している。でも、おかあさんはいい人と再婚して、アンナもしあわせそうだから、その点はよかったかな。パパならしあわせに出来たかどうか……」

「そんなことは……」

それは謙遜だと思った。母は夢を諦め、平凡な人生を選んだだけだ。それに対し、パパは夢を諦めなかった。

「わたしも留学したいなあ」アンナが言った。偶然にも、留学の話が出たのはチャンスかもしれない。

「大学生になったら、アンナも留学するといいよ。世界が実感出来るしね」

「わたしは来年したいの。カナダかオーストラリア」

「そう。高校時代の留学もよさそうだね」

「でもお金がかかるから行けそうにない」

アンナはここでうつむいた。心の中でパパの言葉を期待しながら。

けれどパパは、一拍置いてから「じゃあ、しょうがないね」と言った。そしてイギリスの思い出話を始めた。

「あの頃のロンドンは、ろくな日本食レストランがなくてさ」

なんだ。じゃあパパが出してあげる、とは言ってくれないのか——。

あてがはずれてがっかりしたが、自分からはやはり言えなかった。でも意思は伝えたのだから、次はもっと話しやすい。

パパは英語が話せるとのことだった。ますます好きになった。やっぱりパパがいい。

家に帰ったのはすっかり日が暮れてからだった。母が「寄り道するならメールをちょうだい」と小言を言う。

「パパのところ」アンナが答えると、また母の表情が曇った。

「パパ、イギリスに留学してたんだってね。しかも国費で」

「白川さんが言ったの？」

「うん。いろいろ若い頃の話をしてくれた」

「アンナ、まさか留学費用を出して欲しいとか、そういうことは言ってないよね」

母が咎めるような言い方をしたので、アンナはカチンときた。

「言っちゃいけない？」

「言ったの？」いっそう語気が強まる。

「まだ言ってないけど」

「ちょっとここに座りなさい」テーブルを顎でしゃくった。「拓哉。ゲームをやめて部屋に行きなさい」リヴィングに向かって尖った声を発した。

父より母が怖い拓哉は驚いて、指示に従った。アンナは仕方なく椅子に座った。

「あなたのおとうさんは、うちのおとうさんでしょう。白川さんがあなたを育てましたか？」

母が一転して声を抑えて言った。

「これまでは、そうじゃなかったけど」アンナが下を向いて答える。

「これまではってどういう意味よ」

「ねえ、わたし、パパの家で暮らしちゃだめかな」顔を上げて言った。「だって親子なんだし、パパは家族がいないわけだし、不都合はないんじゃないかなあ」

母の顔が見る見る強張った。「アンナ、本気で言ってるわけ？」

「本気だけど」

実際のところ本心はわからないが、今は母を少し困らせてやりたかった。

「わかりました。おとうさんと相談します。前にも言ったけど、アンナは十六歳になったのだから大人扱いします。その代わり、行ったり来たりなんて、都合のいいことは許しません。あなたももう一度考えてください」

母は突き放したような口調で言った。昔から、こういうときの母には甘えが通じないことをアンナは知っている。けれど、こういう事態を招いたのは母が離婚したからだ。どう考えても自分の我儘だとは思えない。

そのあとの夕食はまるでお通夜だった。拓哉はただならぬ空気を察し、食べ終えると、そそくさと自分の部屋に戻った。アンナも黙って食べ、部屋にこもった。父が帰宅したのは夜遅くだった。それまで家の中はしんと静まり返っていた。

翌日部活に行くと、まずは若菜と仲直りをした。ＬＩＮＥのやりとりですでに謝っていたので、「ごめんねー」とひとこと言ってハグし合うだけで水に流すことが出来た。親友だから、いつものことだ。

この日は、彩也香が話を切り出した。

「あのさあ、蒸し返すようでなんだけど、アンナがパパの養女になるとか、留学費用を出してもらうとか、やっぱ考え直した方がいいよ」

「何よ。昨日は芸能界デビューだって夢じゃないとか言ってたくせに」

アンナが口を尖らせる。

「そうだけど、ゆうべ、わたしもおとうさんにアンナの話をしたのよ。そしたら、育ての親にマジで同情して……。友だちならちゃんと諭しなさいって言うの。わたし、おとうさんの話を聞いてたら、確かにそうだなあって思って……。だってこれまでアンナを育てたの、今のおとうさんじゃない。そこにセレブなパパが現れたからって、乗り換えられたら、マジで悲しいよ」

彩也香が珍しく真面目な口調で言った。うちの父の顔が浮かぶ。

「うちのおとうさんが言うには、男は甲斐性を比べられたら、立場がないんだって」

「甲斐性って?」

「経済力とか、権力とか、社会的なステイタスとか、そういうの全般。なんとなくわかる。実際、男は甲斐性だと思う。女みたいに愛嬌《あいきょう》で誤魔化せないよ」

「そうそう。うちのおとうさんが言いたかったこともそれだと思う」

若菜が口を挟んだ。彼女も真顔だ。

「アンナのおとうさんは、カッコよさでもお金でもステイタスでもパパにかなわなくて、そのうえアンナとは血がつながってないわけじゃん。もしアンナがパパになびいたら、引き止めようがないっていうか、黙って見てるしかないわけじゃん。それは悲しいよ。わたしさあ、アンナのおとうさん、好きだよ。やさしいし、真面目だし」

「わたしも好き。台風の日、学校まで車で迎えに来てくれて、わたしたちまで家に送ってくれたじゃない。うちのおとうさんなら絶対にしないよ」

彩也香が力を込めて言った。

「あれはたまたま仕事が休みだったから……」

「ううん。アンナのことが大事なんだって。血がつながってなくて、壊れやすいから、余計気にかけてるんだって」

言われてみれば思い当たる節はあった。うちの父はよその父親より家族思いだ。運動会や保護者参観日には必ず来たし、誕生日にはプレゼントをくれた。アンナが幼稚園の頃に描いた《おとうさんの顔》は、額に入れて今でも夫婦の寝室にかけてある。

「とにかく、ゆっくり考えること」若菜がアンナの肩に手を置いて言った。「どっちかを選べなんて酷だけど、二股はよくないよ」

「うん……、それが一番よくわかった。そうか、二股なんだ」

アンナは初めて腑《ふ》に落ちた。自分は二股をかけようとしていたのか。

「それからもうひとつ、うちのおとうさんが言ってたこと」若菜が話を続けた。「もしもアンナのパパが、生みの恩より育ての恩ということがわかってる人間だったら、アンナのおとうさんを差し置いて留学費用は出さないだろうって」

アンナは黙って聞いていた。全部はわからないけれど、半分くらいはわかる。

「簡単に出すようなら、デリカシーのない人間だって」

「うん……」

三人でしばらく黙り込んだ。校庭では野球部が練習をしていた。カキーンという金属バットの音が寒空に響いている。

「わたしさあ、久しぶりにおとうさんと長話した」彩也香が微笑して口を開いた。「ほんと中学以来かも。最近は顔もあんまり合わせてなかったから」

「わたしも。晩ごはんのあと、おとうさんと一時間以上しゃべったんだけど、たぶん新記録。でもっておとうさん、機嫌がよくなって、お正月のマルキューの福袋セールに車で連れてってくれるって」

若菜がおかしそうに言った。アンナは体の力が抜けた。考えはまとまらないが、みんなが自分のことを心配してくれているのは、素直にうれしい。

「それから、わたし思ったんだけど、アンナのおかあさんとパパの離婚話より、おかあさんとおとうさんの結婚話の方が絶対に面白いと思うよ。だって子供がいる女の人を好きになってプロポーズしたんでしょ。きっと周囲の反対もあったはずだし、それでも結婚したっていうのは大恋愛じゃない。アンナのおとうさん、情熱家なんだって」

若菜が大人びたことを言った。なるほど、そうかも。やっぱり彼女は頭がいい。

アンナはまた父の顔を思い浮かべた。女子がよろこぶイケメンではないが、味わいはある。愛嬌のあるタレ目はアンナも気に入っている。

「わたし、とりあえず留学は考え直すわ」アンナが言った。冷静になってみれば、意地を張っていた部分もあった。

「それがいいって。うちらも一年間、離れ離れなんて淋しいし」

「そうそう。大学生になってからでも遅くないよ」

二人が慰めてくれる。ここで「考え直す」から「取りやめる」に気持ちが進んだ。パパとも——。

「わたし、パパともしばらく会うのやめるわ。実の父親がどんなんかわかって、一応気も晴れたしね」

「アンナ、大人」と若菜。

「からかわないの」

「そうとなったら、おとうさんに言って安心させてあげなよ。向こうからは言えないんだから」

「うん、同感。アンナがパパと会うのは自由だと思うけど、自分はずっとこの家の子だってことは、ちゃんと伝えた方がいいよ」

「わかった」

アンナの中で、波立っていた気持ちが急速に鎮まった。今はなんだか温かい。

親友はいいなと思った。そしてその家族も。彩也香と若菜のおとうさんに、会ってありがとうと言いたい気分だ。

家に帰ると、父がいた。今日は仕事が休みらしい。ソファにもたれ、本を読んでいた。その隣では拓哉がテレビゲームで遊んでいる。

「おかあさんは？」アンナが聞く。

「買い物」父が答える。

留学を取りやめた件を話さなくては。それから、パパには当分会わないことも。アンナは帰り道で考えた。二股は理屈抜きに人を傷つける。

言葉を発しようとしたが、出て来なかった。父とあらたまって話をしたことがないから、緊張しているのだ。

とりあえず拓哉のうしろに回って、ゲームを眺めた。「へーっ、上達してんじゃん」頭をつつく。

「うるさい。お姉ちゃん、邪魔しないで」拓哉が怒り、手を振り払った。

「おとうさん、何読んでるの？」今度は父の本をのぞき込んだ。

「うん？　心理学の本。お客さんの行動パターンを分析しようと思ってさ」

「なんだ、仕事か」

アンナはふと父の両肩に手を置いた。目の前にあったからだ。

「揉《も》んであげる。クリスマスプレゼント」

自然に出来た。父の肩を揉むなんて、小学生のとき以来だ。

「お、うれしいなあ」父は表情を崩したが、どこか照れた感じがあった。

さあ、なんて言おう。留学、やめたわ。実の父親とは、しばらく会わないことにする。

心配かけてごめん——。

喉につっかえて出て来なかった。それに隣に拓哉がいる。留学はともかく、パパの話は出来ない。

「お正月さあ、マルキューの福袋セールに並びたいから、おとうさん、車で連れてってくれない」

アンナが言った。黙っているわけにもいかず、無理にひねり出した話だ。

「なんだ。そういうことか」父が笑っている。

「ついでに初詣に行こうよ。近場の神社でいいから」

「そうだな。家族で行くか」

「行こう、行こう。四人で行こう」

しばらく父の肩揉みを続けた。三分も続けたら言葉がいらなくなった。父がしあわせそうなのが、手に取るようにわかった。

手紙に乗せて

1

母が五十三歳で死んだので、若林《わかばやし》亨《とおる》は実家に戻ることにした。

社会人二年生の亨は就職を機に家を出て、ワンルームマンションを借り、気ままな一人暮らしを楽しんでいたのだが、大学生の妹・遥《はるか》が、「おとうさんと二人きりはいや」と言いだし、それは自分だっていやに決まっているので、気乗りはしなかったが妹のことを思い、戻ったのである。

父の受けたダメージが思いのほか大きく、息子として心配になったという理由もあった。葬儀で泣いたのはともかく、父は日常生活でもしばしば涙に暮れていた。妹によると、テレビドラマで同年代の夫婦が出て来ただけで、とたんに落ち着きを失い、ぐいっと歯を食いしばったかと思うと、トイレに駆け込むとのことだった。

「しばらく出て来ないの。で、どうしたのかなと思ってそっと様子をうかがいに行くと、中でひくひくと泣いてるの」

妹からその話を聞いたとき、亨は同情するというよりショックを受けた。父は泣かないものだと思っていた。子供の頃から、尊敬するかどうかは別として、父はスーパーマンのように万能で、何事にも動じず、すべての敵をやっつけるものだと思っていた。弱い部分があるなどとは考えたこともなかった。しかしふと見つめてみれば、五十六歳の父は、髪には白いものが目立ち、頬の肉はたるみ、体全体の筋肉も落ちている。そして、今、腕相撲をやったら自分が勝つのではないかと、そんな想像をして不意に切なくなった。少なくとも数年前までは、父に勝てるとは小指の先ほども思っていなかった。亨は、初めて父を生身の人間として感じたのだった。

母の死因は脳梗塞だった。平日に家で倒れ、夕方帰宅した妹が発見し、救急車で病院に運び込まれた。すぐに手術はしたが、意識が戻らないまま、一週間ほど集中治療室で手当てを受けた後、息を引き取った。あまりに突然のことで亨はただ呆然とするばかりだった。臨終のときは、パソコンのように「まだ復旧の可能性があるのではないか」と考えたほどだった。

あれから半月が過ぎたが、今でも信じられなくて、毎日台所から母の声が聞こえてきそうな気がする。窓から空を見上げて曇天のときは、「おかあさん、今日の天気予報は?」と振り向いて声を発しそうになる。そしてそのたび、大きな喪失感に襲われ、胸が苦しくなった。たぶん家族三人の傷が癒えるのは、ずっと先のことだろう。時間以外に、処方箋はなさそうだ。

三人になった若林家の朝は、それぞれがバラバラに朝食をとることから始まる。母が死んだ当初は、遥が女としての使命感を覚えたのか「わたしが作る」と言いだし、ご飯を炊き、味噌汁《みそしる》を作り、鮭を焼いていたのだが、「毎日は無理」と三日で音を上げた。父も亨も予想していたことだったので、何も文句はなかった。その後は食パンだけ常備しておいて、あとはヨーグルトなりフルーツなりを各自用意して食べ、後片付けも自分で行うのがルールとなった。

父は、母が生きているときは家事などしたことがなかったが、今は洗濯も自分でしている。遥が父の下着を触りたがらないせいだとしても、たいした変わりようだ。風呂掃除も率先してやっている。

この日、亨が一階に降りて行くと父の姿がなかった。

「おとうさんは?」

「さあ。見てない。まだ寝てるんじゃないの」

遥はダイニングテーブルでトーストを頬張っている。

「もう起きないと会社に遅刻すると思うんだけど」

「そんなことわたしに言われても……。今日は遅くてもいいんじゃないの」

二人で一階の廊下の奥の、父の寝室の方を見た。何も物音は聞こえてこない。

父は自分で目覚ましをかけ、毎朝六時半に起きていた。その習慣が崩れたことはない。

「ちょっと見て来るわ」

亨は気になったので、寝室まで見に行った。ドアを軽くノックしてから開け、中をのぞく。二つ並んだうちの、窓側の父のベッドは空だった。トイレかなと思い、廊下の突き当たりまで行く。そこにも父はいなかった。

「おとうさん、いないよ」

ダイニングに戻って遥に言った。

「じゃあ、もう出かけたんでしょう」

「黙って行くかな。早朝出勤ならゆうべのうちにおれらに断っとくだろう」

亨はもう一度父の寝室に行った。ベッドのサイドテーブルには、父のスマートフォンが充電中のまま置かれていた。通勤バッグも部屋の隅にあった。まだ出かけてはいない。

そのことを遥に告げる。

「じゃあどこに行ったのよ」

遥も心配になったのか、食べる手を止めると、椅子から立ち上がり、居間の窓まで行って外を見渡した。

「物置にはいないみたい。カーポートにも人影なし」

「どこへ行ったんだろう。家の中か、それとも外か」

亨はなにやら心配になって来た。先日も夜中に父の姿が見えなくなり、妹と捜したら庭の物置で何か荷物を漁《あさ》っていた。何をしているのかと聞くと、本を探していると父は答えたが、床には、遥が小さい頃、母が作ったぬいぐるみが数個並べられていた。

亨と遥は、何も言えなくなって引き下がった。父の目は赤く、今さっきまで泣いていたことがありありとわかったのだ。

「わたし、家の周りを見てくる」

遥が行きかけたところ、玄関のドアが開く音がした。二人で顔を見合わせる。ドタドタと廊下を歩く音が響き、コンビニのレジ袋を提げた父が姿を現した。

「なんだよ、どこに行ってたんだよ。いないから心配しちゃっただろう」亨が非難する口調で言った。

「コンビニに行くついでに、堤防まで散歩してきた」父が体を縮こまらせ、手をこすり合わせながら答える。「さすがにフリースだけじゃ寒いな。ダウンを出さないと」

「何を買って来たのよ」

「おにぎり。たまにはご飯が食べたくてな」

「じゃあ言ってよ。作ってあげるから。毎日は無理だけど、週に二回くらいなら、わたしが朝ご飯、作ってもいいし」

今度は遥が口をとがらせて言った。

「いいよ、作らなくて。そのほうがおとうさんも気が楽だ」

父は流しに立つと、カップのインスタント味噌汁にお湯を注ぎ、ほうれん草の惣菜と合わせてテーブルに並べた。椅子に座り、手を合わせて食べ始める。

三人でテーブルを囲んだ。亨が自分で用意したのはトーストとインスタントスープとコーヒーだ。

テレビはつけなかった。父と一緒のときはいつもそうだ。気にして見ればCMひとつとっても油断がならず、「××冷やして待ってるから」とビールの宣伝が流れるだけで、亨と遥ははっとして身を硬くする。ドラマでもCMでもニュースでも、夫婦ものは鬼門なのだ。

「今日は二人とも遅いのか」おにぎりを口に運びながら父が聞いた。

「たぶん」と亨が答える。亨は広告代理店勤務で、残業は毎日のことだ。

「わたしもバイトで遅い」

遥は駅前の学習塾で事務のアルバイトをしていた。それぞれ忙しくて、平日に一緒に夕食をとることはほとんどない。

「おとうさんは？」会話の成り行きで亨が聞くと、父は「うん？　定時に帰るけど」と軽く答えた。どう反応していいかわからず、会話が途切れる。

これまでいちばん忙しかったのは父で、中堅ゼネコンの管理職の父が平日に家で夕食をとることはほとんどなかった。それが、母が死んでからは毎晩七時過ぎには帰宅するようになった。会社が気を遣っているのは明らかで、妻が死んだことで、当分は仕事を減らすよう配慮があったものと思われた。

「おとうさん、晩ご飯どうするの？　九時過ぎでよければわたしが作るけど」遥が言った。

「いい。適当に食べる」父が小さくかぶりを振る。

「じゃあ夕方、一旦家に帰って何か作っておく」

「だからいいって。外食してもいいし」

父がそう言うので遥も引き下がった。

父が一人でぼそぼそと夕食をとる光景というのは、あまり想像したくないが、自分たちにはどうすることも出来なかった。

母が死んで、残された家族にとって夕食がこれほど難事業になるとは思わなかった。たまの休日、三人が自宅にいて、夕方になって、さて夕食はどうするかとなったとき、出前をとるにしろ、外食するにしろ、作るにしろ、まずは幹事役から決めなくてはならない。まるで船頭を失った船である。いつも家にいてくれる母親とはなんとありがたい存在であったことか。

朝食を終えると、まずは遥が、居間のサイドボードに立てかけられた母の遺影に向かって「おかあさん、行ってきます」と言って大学へと出かけて行った。続いて亨が、同じように母の遺影に声をかけ、家を出る。本当は父と一緒でもいいのだが、駅までの道すがら話すこともないので、別行動をとるようになった。それにどうやら父は、毎朝母の遺影となにやらおしゃべりをしているらしい。その邪魔をしたくなかった。

外は真冬の寒さだった。コートの襟を立て、首をすくめて歩く。住宅団地なので、あちこちの家から「行ってきます」「行ってらっしゃい」の声が聞こえた。その都度、心が軽く締めつけられる。仕方なく戻った実家だが、三人での暮らしは亨にも慰めになった。一人だったら母のことを思い出し、めそめそ泣いていたかもしれない。

会社では毎日仕事に追われた。亨が勤める広告代理店は伝統的に体育会系で、若手は厳しくしごかれるのが常だった。SP部門のいちばん下っ端である亨は、日々クライアントのための市場調査に走り回っている。ただ、母が死んでからは、扱いが少しやさしくなった。どうやら部長の石田《いしだ》が指示を出したらしい。社内事情に明るい女子社員によると、石田部長は去年奥さんを病気で亡くしていて、それで同情しているのではないかとのことだった。課長も部長の手前、態度が柔らかになっている。

三年先輩の福井《ふくい》だけは、亨が特別扱いされることが気に食わない様子で、部長や課長のいないところで、余計に厳しく当たったりした。

「おまえなあ、身内の不幸なんてのは仕事の言い訳にならねえんだよ。わかってんのか？」

「もちろん、わかってます」

「じゃあエース製菓の消費者アンケート、おまえがデータ集計しておけよ。こっちは突然仕事を振り分けられていい迷惑なんだよ」

「すいません。やっておきます」

亨は素直に従った。

福井は、母が集中治療室に入っていたときでも夜中に亨を電話で呼び出し、仕事を言い付けた。福井本人も月に残業八十時間などというハードワークをこなしているので、文句は言えなかった。

亨の印象では、総じて若い社員ほど、同僚の母親が死んだことに無頓着だった。同期の仲間など、葬儀の翌週には「麻雀やろうぜ」と誘って来たのだ。女子社員からも、先日「大学ＯＢ揃《そろ》えて合コン、セッティングしてよ」と言われていた。最初は気の毒がっても、三日で忘れるといった感じだ。

対して中高年のおじさんたちは、みな一様に同情の色が濃かった。それも亨にではなく、父親に対してである。石田部長は葬儀に参列し、沈痛な面持ちで、「若林。おとうさんを労《いた》わってやれよ」と言っていた。普段は口を利くこともない総務部長や役員まで、「若林君。おとうさんにお悔やみを申し上げておいてくれ」と、会社で声をかけてきた。

これもジェネレーションギャップのひとつなのだろう。人の死に対して、中高年ほど感じやすいのだと亨は実感した。

この日は、クライアントの見本市出展の手伝いに駆り出された。現場を仕切るのは福井で、亨はAD役として雑用全般に奔走した。

亨自身、母の死が仕事に大きく影響することはなかった。毎日が忙しく、立ち止まる暇がないから、駆けずり回っているうちに一日が終わる感じである。

「おい若林、デモ会場の椅子が足りないぞ。追加しろ」

「若林、コンパニオンに先に弁当を食べてもらうから、控室を片付けておけ」

「若林、マイクの調子が悪いぞ。音響担当に見てもらえ」

福井はいつも通り人使いが荒かった。

そこへ石田部長が姿を見せた。福井があわてて駆け寄り、九〇度頭を下げる。どうやらクライアント側から部長が来ているので、釣り合いを取るために馳《は》せ参じたようだ。

石田部長は幹部同士で談笑し、展示をチェックして回ったところで、亨のほうを見た。こちらに歩いて来る。亨は会釈した。

「若林君。おかあさんが亡くなられて、その後変わりはないか」

石田部長が言った。

「あ、はい。みんな元気でやってます」

緊張して少し変な受け答えをした。

「元気ってことはないだろう。おとうさんはどうしてるの？」

一歩間合いを詰め、小声で聞いた。その顔には本当のことを言いなさいと書いてある。

「あの、ええと、やはりまいっているようですが……」

亭は恐る恐る答えた。

「そうだろう。そうなんだよ。妻を亡くせば誰だってこたえるんだ」石田部長が納得したようにうんうんとうなずく。「いや、ぼくもね、去年妻を亡くしてるんだよ」

「あ、はい。課の先輩から聞きました」

「そうか。あれは辛いもんだ。おとうさん、毎日会社には行ってるの？」

「はい。でも帰りは早いようです。以前は毎日残業だったんですが」

「そりゃそうだ。当分は仕事など手につかんよ。ぼくもそうだった。ちゃんと頭が働かないんだよ。あのときは大変だった。でも、早く帰って来るってことは、ちゃんと周囲がサポートしてるってことなんだよな」

「はい。そうだと思います」

「そうか、そうか。職場はそうじゃなくちゃだめなんだよ」

しきりにうなずいている。

「忌明けはいつ？」

「年明け初めになりますが」

「そう。おかあさんのいないお正月を過ごすことになるのか。うちも妻を亡くして最初の正月は、どうしていいかわからなくて、うちの子供たちも困っていたもんだ。テレビを観る気にもなれなくてな」

「うちも今はテレビは消してます」

「そうだろう。そうなんだよ」

我が意を得たりとばかりに、石田部長が声のトーンを上げた。

「どうやら夫婦が画面に出て来るだけで、いろいろ思い出して辛くなるみたいです」

亨が会話の流れで打ち明けると、石田部長は目をかっと見開き、亨の腕を強く叩いた。なんだか興奮しているようにも見える。

「ぼくもまったく一緒だった。いや、実を言うと今でも辛くなるときがある。ドラマで夫婦喧嘩しているのを見て、ああ、ぼくには喧嘩をする妻がもういないのかって思うと――」ここで石田部長がぐっと息を呑みこんだ。「とにかく、容易には立ち直れないってことだ」

「はい、そう思います」

「君のおとうさん、何年生まれ？」

「昭和三十三年です」

「ああ、ぼくと同い年だ」

石田部長は切なそうな目をして、「はあ」とため息をついた。

「あらためておとうさんにお悔やみを言っておいてくれ」

「はい」

「それから君も当分は早く帰宅するように。仕事も大事だが家族に優先するものはない。君の年齢ではピンと来ないだろうけどね」

「はあ……」

「なるべくおとうさんのそばにいてあげなさい。課長にも言っておくから」

石田部長は、自分の息子でも見るような目で亨を見つめ、もう一度腕を叩いた。亨はハグでもされるのかと身構えてしまった。

石田部長が踵《きびす》を返し、去って行く。視界の隅では、福井が不服そうな目を向けていた。何を甘やかされているのかとでも言いたげだ。

その日は最後のゴミ出しまで言い付けられ、家に帰ったのは午前零時過ぎだった。

2

父は相変わらず元気がなかった。もちろん元気を出せと言うほうが無理な注文で、亨もその点は充分理解しているのだが、父の虚脱ぶりは見ていて辛くなった。毎晩のように押し入れや物置から母の遺品を探し出してきては、手に取り、思い出に耽《ふけ》っているようなのだ。

その行為は、子供たちの目を気にして、一応隠れてやっているのだが、夜帰宅したとき、居間に母のアクセサリー箱があったりすると、たった今、父は母のネックレスや指輪を撫でて泣いていたのかと推察され、そうなると何も声をかけられず、亨はそそくさと自分の部屋に逃げ込むのだった。

そして、どうやら父はあまり食事をとっていないらしい。これは遥の観察によって発覚した。

「九時過ぎに帰って来て、おとうさん、晩ご飯食べた？　って聞くと、うん食べたって言うから、何食べたの？　って聞くと、駅前スーパーで弁当を買って食べたって言うから、そのときはふうんなんて思ってたんだけど、ゴミを調べてみると、プラスチックの空容器がないのよ。で、代わりにヨーグルトの容器と、バナナの皮があるだけ。おとうさん、ろくな食事とってないと思う」

そう言われてみれば、父はかなりやつれていた。遥が「セイウチみたい」とからかっていた二重あごは、わずかの間にラインが浮き出るようになった。おなかのあたりをそっと盗み見ても、ズボンが少し余り気味だ。

これは放置出来ないと思い、土曜日の夜、焼肉に誘ったのだが、父は「肉は食べたくない。おまえたちだけで行って来い」と言い、乗って来なかった。仕方がなく、兄妹《きょうだい》で近所の焼肉屋に出かけた。

「おとうさん、困ったね。食事と睡眠だけはちゃんとしてもらわないと。おとうさんが病気になったら大変だよ」

テーブルで向き合うと、遥が心配そうに言った。

「睡眠はどうなのよ。おれ知らないけど」

「わたしだって知らない。おにいちゃん、聞いてみてよ」

「でも、聞いたって本当のことは言わないんじゃないの」

「うん、そうだね。心配かけまいとするだろうし」

「ところでビール飲む？」

亭が聞いた。忌中なのでアルコールは不謹慎かと思ったのだ。

「わたし飲みたい。おかあさんには許してもらう」

「じゃあ頼もう」

二人で生ビールを注文した。カルビやハラミも注文した。

「おとうさん、会社でどうしてると思う？」遥が聞いた。

「さあ、どうだろう。バリバリ仕事をしてるって感じには思えないけど」亨が答える。

「デスクで一日ぼうっとしてたりして」

「管理職だし、ある程度は自由にしてられるとは思うんだけど。その代わり会議が多いはずだから、結構きついんじゃないかなあ」

「杉田《すぎた》さんに聞いてみようか」

遥が提案した。杉田さんというのは父の昔の部下で、一家が社宅住まいだった頃、ずいぶん遊んでもらった記憶があった。母の葬儀のとき、十五年ぶりくらいに再会し、「二人とも大きくなったなあ」と感慨深げに涙ぐんでいた。そのとき名刺をくれて、「何か困ったことがあったらぼくに相談して」と言われていたのだ。

「ああ、いいかもな」

「おにいちゃん、聞いてよ」

「おれがか？」

「わたしはまだ学生だもん。会社の中がどうなってるかわからないじゃない」

「わかった」

しばらく肉を焼いて食べた。母が死んでから初めてのちゃんとした夕食だった。考えてみれば、平日はほとんど会社の仕出し弁当で、亨自身、食欲がないこともあっていい加減に済ませてきた。

「おにいちゃん、おかあさんのこと思い出す?」遥が聞いた。

「ああ、毎日思い出してるよ」

「わたしも。思い出して泣きそうになる。わたしはおかあさんが家で倒れてたのを最初に見たじゃない。あのときの光景が瞼《まぶた》に焼き付いていて、夜、布団に入って目を閉じたき、その光景が浮かんで体が震える」

「そうだろうな。わかるよ」

この点に関しては妹に大いに同情していた。亨は病院に駆けつけたときの、意識を失《な》くしてベッドに横たわる母の姿だけでもトラウマになっている。遥はそれ以上のショックを受けているのだ。

「こんなこと言ったらなんだけど、おとうさんが憔悴《しょうすい》してるから、まだ助かってるところがあるかな」

遥がぽつりと言った。

「どういうこと?」

「おとうさんが気丈だったら、逆にわたしが苦しむかもしれないってこと。残された家族三人の悲しみが十としたら、そのうちの七ぐらいを今おとうさんが引き受けてくれるのよ。だからおにいちゃんとわたしは残りの三で済んでる」

「ああ、そうかもしれないな」

亨はなんとなく理解出来てうなずいた。

「もしもおとうさんが平気でいたら、おかあさんが浮かばれないじゃない。だから、悲しんでるおとうさんの姿を見て、わたしたちは少しだけ癒やされてるのかもしれない」

「おまえ、頭いいな。就職、うまく行くよ」

亨が感心して言った。遥は現在就活中なのだ。

「でも、当分は気をつけて見てないと。わたし、やっぱり朝ご飯作るわ」

「無理しなくていいよ」

「ううん。朝食だけでもちゃんと食べてくれると、こっちだって安心出来る」

「じゃあ、後片付けはおれがやる」

二人でうなずき合った。子供の頃は喧嘩ばかりしていたが、今は妹がいて心からよかったと思った。父と二人きりだったら、毎日がもっと重苦しかったことだろう。

二人とも大好きな焼肉なのに、あまり食は進まなかった。父は今頃、家で何をしているのだろう。それを思うと、どうしても食欲が湧かない。

週明け、亨は思い切って杉田さんの職場に電話をしてみた。父と同じ営業部のため、若林の息子からとわかると困るので、親戚の者ですとうそを言って取り次いでもらった。

「杉田さん、すいません。亨です」

「何だ、亨君か。親戚だなんて、誰かと思った」

杉田さんは明るい声で応対してくれた。

「うちのおとうさん、近くにいます？　これ、内緒の電話なんだけど」

「いや、会議中」

「じゃあ、ぼくから杉田さんに電話があったことは黙っててね」

亨は子供時代に帰った感じがして、敬語を使わなかった。

「うん、いいけど」

「おとうさん、会社ではどうなのかな。ちゃんとやってる？」

亨が聞くと、杉田さんは一瞬返事に詰まり、「なんでそんなこと聞くの？」と逆に質問された。

「実はおとうさん、家ではずっと元気がなくて、憔悴してる様子だから、会社ではどうなのかなあって――。妹と二人でいちばん心配してるのは、ろくに食事をとっていないことなのね」

「そう……」杉田さんが声のトーンを低くした。「やっぱりそうか。奥さん、亡くしちゃったんだもんね。そりゃあこたえてると思う」

「家では泣いたりしてるし」

「えっ。そうなの?」

杉田さんが驚きの声を発した。

「いや、ぼくらの前じゃ涙は見せないけど、隠れて泣いてるみたい」

「そうかあ……」電話の向こうでしばし絶句していた。「いや、若林さん、会社では普通に働いてるんだよ。どちらかというと、落ち込んでる姿を見せまいとしてる感じかな。でも、まあ、ふと見れば窓の外をぼうっと眺めてるようなときもあるし……。そうかあ、家では泣いてるんだ」

「ごめんなさい。余計なことを言ったかもしれない」

「ううん。教えてくれてありがとう。そうかあ、若林さん、奥さんのこと大事にしてたからなあ……」

杉田さんが何度もため息をついている。言うべきではなかったかと、小さく後悔した。

「ごめんなさい。おとうさんには内緒でね」

「わかった。よしよし、おじさんに任せておけ」

あ、いや、こっちは何もお願いしていないのだが——。念を押したかったが電話を切られてしまった。

父の会社での姿が目に浮かんだ。窓の外をぼうっと眺めてる、か。亨は、毎日父の素顔を見せられている感じがした。

会社ではまた仕事で福井の下に付くことになった。福井がわざわざ指名してくるのである。

「おい、若林。仕事っていうのは最初の三年が大事なんだよ。その間どれだけしごかれるかで、広告マンのその後の人生が決まるわけだ。言わば今は体力づくりの期間だ。おれなんか最初の三年は年間に休んだのが二十日以下だぞ。おまえなんか、おれに比べればまだ学生気分のボンボンだ」

福井はつばきを飛ばして説教した。この先輩に悪気はないことは亨もわかっていた。誰よりも多く仕事をするし、後輩と飲むときは必ず奢《おご》ろうとする。要するに熱血漢で、絆《きずな》を強要するタイプなのである。

夜の十時を過ぎ、大量の資料をデスクに積み上げてデータ集計をしていると、帰り支度をしていた課長が声をかけてきた。

「おい若林、まだ帰らないのか」

「ええ。明日の午後イチに先方チェックがあるので、たぶん泊まり込みです」

亨が答えると、課長は表情を曇らせた。

「スケジュールは動かせないのか。おれは石田部長から、おかあさんの忌が明けるまで若林に無理はさせるなって言われててな」

「課長、甘いんじゃないっすか」斜め前のデスクの福井がすかさず口をはさんだ。「忌中でも仕事は仕事ですよ。それに忙しい方が、余計なこと考えなくて済んで、却っていいんじゃないですか」

福井は上司にも言いたいことを言う。それを男らしいと思っている。

「子供じゃないんだから、いつまでも悲しんでるわけにもいかないでしょう。亡くなられたおかあさんのためにも、若林は一日でも早く一人前の広告マンになるべきなんですよ。なあ、若林」

福井に同意を求められ、亨は仕方なく「はあ」と返事をし、苦笑した。

「おい、笑うところじゃねえぞ」

「すいません」

二人のやりとりに、課長は黙って肩をすくめ、帰っていった。

そこへ今度は同期の女子社員が通りかかった。

「あら、若林君、まだいたんだ。ねえ、同期のみんなが裏の居酒屋に集まってるんだけど、これから一緒に行かない？」

「仕事中だって」

「抜けられないの？　少しだけ顔出してよ」

同期の仲間たちは、〈一同〉として香典を包んでくれていた。お礼を言わないと、という思いはあるのだが。

「若林、一時間だけ行って来い。同期は大事にしろ。ずっと付き合っていくんだから」

福井が言った。この男は、デートなら仕事を抜けることは許さないが、酒の付き合いなら鷹揚《おうよう》になるのである。

「福井さん、話がわかる」

女子社員におだてられ、満更でもない顔をしている。亨も気分転換をしたかったので、少しだけ付き合うことにした。

居酒屋では賑やかに歓迎された。亨が香典の礼を言うと、そのときだけ「大変だったな」「気を落とすなよ」と真面目な顔で慰めてくれたが、すぐに話題が切り替わり、いつもの馬鹿話に突入した。

「若林。てめー、先月の合コン、自分だけお持ち帰りしやがって」

「うそ。若林君ってそういう人だったんだ」

「ちがうよ。帰る方向が一緒だったから、タクシーに同乗しただけ」

「うそだね。目の色がちがってた」

「若林君、やだー」

笑い声が渦巻いている。

亨は久し振りの宴席にしばし愉快な気分になったが、胸の中にはやはり家族のことがあった。父と妹は今頃家で何をしているのか。それを思うと、とうていはしゃぐことなど出来ない。

そして同期たちの無邪気さにいろいろ考えさせられた。この中に、亨が抱える悲しみを想像する人間はいない。彼らは情が薄いわけではなく、単に幼いのだ。年老いた祖父母はともかく、親兄弟を失うという経験をたぶんこの中の誰一人としてしていない。だから想像しようとしない。

福井の亨に対する接し方も同様だろう。思いやりがないのではなく、同情するに至る思考回路がまだないのだ。

もっとも、そう言う自分も、今まではここにいる同僚たちと同じだった。中学高校時代、親を亡くしたクラスメートが何人かいたが、担任教師が沈痛な面持ちで「××君のおとうさんが昨日亡くなりました」と告げる中、同情するのは一瞬だけで、その後は完全に意識から消え、いつも通り騒いでいた。葬儀の翌日登校してきたクラスメートにも声ひとつかけなかった。

ひとつ思い出した。中三のとき、町内の同級生の父親が交通事故で死んだことがあった。亨より親たちの方がショックを受けていた。亨は葬儀の翌週、学習塾で会ったその同級生に「おい、ゲーム貸してくれよ」といつも通り接していた。同級生がどんな気持ちでいるか想像することもなく。

さらに思い出した。その同級生は小林《こばやし》君というのだが、母の通夜に来てくれた。同じ町内だから、とくに気にもしなかった。お辞儀をしただけで言葉は交わさなかった。

地元の同級生で参列したのは彼一人だった。

なるほど、小林君は肉親の死の経験者だったということか――。

「おい、若林。なにボケッとしてやがる。話は終わってねえぞ。女の子をタクシーで送って、その後どうしたんだ」

「どうもしてないって」

「うそつけ。酔った振りして尻ぐらいは触ったんだろう」

「触らねえよ」

女子たちが手を叩いてウケている。亨はグラス二杯だけビールを飲み、仕事が残っているからと席を立った。

「おい若林、クリスマスパーティーは女の子を集めて派手にやるからな。出席しろよ」

「わかった」

笑ってうなずき、一人で店を出る。彼らの明るさが励みになるのも事実だった。

3

父は傍目《はため》にも痩せ細ってきたように見えるらしく、隣のおばさんが「これ食べて」と、肉じゃがやらニシンの甘露煮やらを持ってきた。そして亨と遥に「あなたたちのおとうさん、ちゃんと食事してるの？」と心配顔で聞いた。毎日顔を合わせる家族より、変化が如実にわかるのだろう。

さすがに放っておけなくて、亨は父に言った。

「おとうさん、痩せてきたから、ちゃんと食事をとるように」

すると父は「食べてるじゃないか」とむきになって言い返し、肉じゃがを口に放り込むのだが、すぐに苦しそうな様子になり、結局はご飯一膳も食べられないのであった。

「ところでおまえ、会社の杉田君に何か言ったのか」父が聞いた。

「いや、なんで？」亨は咄嗟にとぼけた。

「杉田君の奥さんが毎日おれの分の弁当を作って、杉田君に持たせてるんだよ。若林さん、栄養とらなきゃだめですよって、まるで家でろくなもの食ってないような言い方するから、おまえが何か吹き込んだんじゃないかと思ってな」

「いや、知らないけど」

亨は杉田さんの知恵に感心した。さすがは大人である。こういうことが出来てこそ社会の一員なのだ。

ただ父には負担らしく、「残すと悪いから、無理に詰め込んで毎日苦しくなる」と言っていた。

この件に関しては、亨がお礼の電話をしたとき杉田さんに聞いたら、「若林さん、半分は残してるんだけどね」とのことだった。苦しそうなので、「残してもいいですよ」と言ったら、その通りになったらしい。

「ありがた迷惑になったら申し訳ないから、双方で年内いっぱいと決めたんだけどね」とも言っていた。親切もなかなか難しそうだ。

亨は石田部長に相談してみることにした。もちろん、課長を飛び越して声はかけられないのだが、石田部長の方から、亨を見る都度あれこれ聞いて来るので、そのとき話してみたのだ。

「実は父は食欲がないらしく、最近痩せ細って来たんですよ」

昼休み、亨が打ち明けると、石田部長は見る見る表情を曇らせ、「ちょっと来なさい」と社屋最上階のカフェテリアに連れて行かれた。

窓際のテーブルに陣取る。傍から見ると、若手がミスをして上司から説教されているとしか思えない光景だろう。近くに同じ部の若手社員がグループでいて、ぎょっとした顔で眺めていた。

「君のおとうさん、一度病院で点滴を打ってもらったらどうだ」石田部長が真面目な顔をして言った。

「点滴ですか?」亨が目を丸くする。

「決して大袈裟じゃないぞ。中高年が栄養失調になると、内臓ばかりか骨にまで害が及ぶんだ。そしてイライラするから、余計に精神を蝕《むしば》む。ところで睡眠はどうなんだ」

「さあ、とくに気にかけてませんでしたが」

「じゃあ、今日から気をつけて見るようにしなさい。もし眠れない夜が続いているようなら、病院に行って薬を処方してもらった方がいい」

「はあ……」

石田部長の口調は真剣だった。心から父を案じている様子である。

「実はぼくも妻を亡くしてしばらくは、夜は眠れないわ、メシは喉を通らないわで相当体が参った。しかし会社にそんなプライベートなことを持ち込むわけにはいかないから、無理をして頑張っていたら、ある朝突然起きられなくなった。何かと言うと、鬱病の症状だ」

「そうなんですか」

亨は驚いた。たぶん入社したばかりの頃のことだから、社内事情に気を配る余裕もなかったのだが。

「たまたま会社の嘱託医がゴルフ仲間だったから、相談したら、このままじゃ本格的な鬱病になるからすぐに休みなさいって言われて、それで有休を取って十日間休んだんだよ。君ら若手はおじさんの動向など知らんだろうがな」

「いえ。そんなことは……」

「君の家のことに口を挟むつもりはない。しかしこればっかりは経験者じゃないとわからないんだよ。妻を亡くした夫の気持ちなんてのは、そう簡単には想像出来んものだ。実際、ぼくが妻を亡くしてしばらくは周りも気を遣ってくれたけど、一年も経つとそんなこと忘れて、部長、また独身に戻ったから銀座でモテモテでしょうなんて言うやつがいて、これは国際部の今野なんだがな、おれは殴ってやろうかと思ったよ」

石田部長はそのときのことを思い出したのか、目をとがらせて吐き捨てた。亨がたじろぐほどだった。

「この歳になって伴侶を失うというのは、自分の人生の半分を失うのと一緒なんだよ。ぼくは定年後の人生設計が全部吹き飛んだ。これは大変なショックだ。君のおとうさんは今その立場に置かれている。恐らく足元はゆらゆらと揺らぎ、立っているのもやっとのはずだ」

「はあ……」

「おとうさんを病院へ連れて行きなさい。まずは内科で胃腸の検査をして、そのあと精神科でカウンセリングを受けること。先生に話を聞いてもらうだけでも、ずいぶん楽になるし、睡眠導入剤とか、精神安定剤とか、薬を処方してくれるはずだから、それで少なくとも夜は眠れるようになる。なんならぼくの主治医を紹介しようか。去年までうちの嘱託医をやってた大学病院の先生だ。紹介状を書くからいつでも言ってくれ」

「はい。父には伝えておきます」

「それともうひとつ。恐らく君のおとうさんは今、自分を責めていることと思う。ぼくもそうだった。うちの妻は乳癌《にゅうがん》で死んだんだけど、どうしてこれまで癌検診を受けさせなかったのか、受けていたら早期発見出来て助かったにちがいない、そう思ったら、自分の迂闊《うかつ》さと愛情のなさが罪のように思えて来て、しばらくは自分を責めずにはいられなかった。だからこれも息子である君から……」

石田部長はそこまで言うと、しばし考え込み「それは無理か」と独り言をつぶやいた。

「いくら家族でも子供にはわからん」

「はい？」

「いや、すまん。おじさんと若者とでは目に映る景色がちがうということだ。若者には若者の世界があるし、人生経験が乏しいというのも、それはそれで貴重な時期だ。今から老成することもない」

「はあ……」

石田部長は、憂いを含んだ眼差《まなざ》しで亨を見つめると、「おとうさんによろしく」と言い、先にカフェテリアを出て行った。そのうしろ姿を見送る。

「おい若林、何かしでかしたのか」

近くのテーブルの同僚から、からかう調子の声が飛んだ。

「ちがうよ。ちょっと業務レクチャーを受けてただけ」

亨は適当にごまかした。

「それより金曜日、麻雀やろうぜ。徹マン。何時からでもいいから」

「忙しいんだよ」

「だから何時からでもいいって言ってるだろう」

同僚がしつこく誘うので、亨は逃げるようにその場を離れた。

おじさんと若者とでは目に映る景色がちがう、か――。亨は石田部長の言葉を嚙みしめた。人生経験とは、きっと悲しみの経験のことなのだろう。

その夜遅く、帰宅する電車の車内で近所の小林君を見かけた。小林君はスーツ姿でリュックを背負い、ドア付近にもたれてスマートフォンをいじっていた。会社員で営業マンだと聞いたことがある。高校生になって以降はほとんど口を利いていなかったが、通夜に参列してくれたことから、なんとなく彼の存在が頭の中にあり、これも縁だろうと思い、声をかけることにした。

「小林君、こんばんは」

亨が近づいて挨拶した。

「おう、亨君。久し振り……てことはないか。この前お通夜で会ってるし」

小林君が白い歯を見せて言った。

「でも話はしてないし」

「うん。おばさんのこと、大変だったね。お悔やみ申し上げます」

小林君があらためて頭を下げた。

「通夜に来てくれてありがとう」

「近所だもん。当たり前だよ。それに子供の頃、亨君の家に遊びに行って、よくおばさんにおやつもらってたから、いろいろ思い出もあって」

「おれ、あのあと今更のように思ったんだけどさ、そういえば小林君もおとうさんを亡くしてるんだなあって――。こっちは中学生だったから、よその家の不幸がまったく想像出来なくて、近所で幼馴染みなのに葬儀にも行かなかったし、励ましの言葉もかけなかったし――」

「いや、いいよ。あのときはこっちも突然のことで、しばらくは実感も湧かなかったし」

亨の反省の弁に、小林君が微笑して答えた。

「憶えてないかもしれないけど、小林君のおとうさんが亡くなった翌週に学習塾で会ったとき、ゲーム貸してなんて言ったりして、親を亡くした友だちによくそんな呑気《のんき》な頼みごとが言えたなあって、今になって自分に呆《あき》れてる」

「はは。さすがに憶えてないなあ」

「おれは鈍感だったんだと思う」

「みんなそんなものだって。おれだって親父が死んでなければ、亨君のおばさんの死も身近には感じなかったと思う」

「自分が家族を亡くしてわかるようになったんだけど、同年代ほど人の死に無関心だね」

亨が最近思っていることを言った。

「しょうがないよ。経験がないんだから、無理な注文なんじゃないの。若いって、他人事が多いってことだと思う」

「ふふ。そうだね」

亨はその指摘に感心した。自分も今までは他人事だった。

「おれが親父を亡くして最初に学んだのは、世の中には温度差があるってことかな。遺族はいつまで経っても悲しいのに、周りは三日もすると普通に生活をしていて、普通に笑ってる。だから遺族は次にその温度差にも苦しめられる」

「いや、その通りだ」

亨は心の中で手を打った。これまで抱えてきたもやもやとした気持ちのパズルが解けた気がした。

「ありがとう」

亨は目の前の幼馴染みに抱きつきたくなった。

「何よ、大袈裟な」小林君が笑っている。

「いや、ほんとにありがとう」

久し振りに話をしたら会話が弾み、互いに近況や仕事のことを家に着くまで語り合った。今度一緒に飲みに行こうという話にもなった。同じ悲しみを持つ人がいてくれる。それだけで人は癒やされる。

4

翌朝、家族三人で朝食をとっているとき、石田部長のアドバイスに従い、父に病院でのカウンセリングを勧めた。父は自分の息子からそんな言葉が出て来たことが意外だったのか、箸を止め、まじまじと見つめた。

「おとうさんの心配よりおまえはどうなんだ。会社でちゃんとやってるのか」

心外そうに言い返す。

「やってるよ。毎日残業だろう。忙しくておかあさんのことを考える暇もないよ」

「じゃあいい。おれも四十九日が済んだら仕事が忙しくなるだろうし、それで普段通りに戻る」

「そんな簡単に戻れるかなあ」

「大丈夫だ。心配しなくていい」

「大丈夫じゃないって」遥も横から口を出した。「だっておとうさん、ずっと食欲ないし、体調悪そうだもん。これで仕事が忙しくなったら今度は体を壊すと思う」

遥は父が食事を残すことが気になって仕方がない様子だった。今朝も元気がなく、ご飯一膳を食べるのにも苦労している。

「二人して、人を病人扱いするな」

父は口では強がるのだが、それでも箸は進まず、見ていて痛々しかった。

亨は頃合いだと思い、石田部長のことを話すことにした。

「実はうちの部長、石田さんっていうんだけど、おとうさんと同い年で、去年奥さんを癌で亡くしてるんだよね。それで自分が苦しんだ経験があって、君のおとうさんもきっと苦しんでるはずだから、早いうちにカウンセリングを受けた方がいいって勧められて、それで言ってるんだけどね」

「ふうん。そういう人がいるのか」

父が顔を上げた。

「石田部長、奥さんの癌が手遅れになったのは、自分がちゃんと検診を受けさせなかったからだって、しばらく自分を責めて、鬱病になりかけたんだって。君のおとうさんもきっと今に自分を責めはじめるだろうから、そうじゃないって誰かが言ってあげた方がいいって――」

父は黙って聞いていた。

「石田部長、おとうさんのことが凄く気になるみたいで、普通、課長を飛び越えてぼくみたいな平社員に声をかけることは滅多にないんだけど、顔を合わせるたびに、君のおとうさん、どうしてるって――。おとうさんの気持ちが手に取るようにわかるんだと思う。こんなことも言ってたよ。この歳になって伴侶を失うのは、自分の人生の半分を失うのと一緒だって」

父は鼻から軽く息を吐くと、茶碗《ちゃわん》の上に箸を置いた。そして口を開く。

「わかった。石田さんにお礼を言っておいてくれ。病院の件は考えておく。おとうさん、今の話を聞いただけでも少し気持ちが楽になった。そうか、おまえの部長さんも奥さんを亡くして、自分を責めてたのか」

「おとうさんも自分を責めてるの？」遥が聞いた。

「うん？　それは……」

父はその質問には答えず、席を立った。自分の使った茶碗を流しに運ぶ。

「おとうさん、わたしが片付けるからいい」と遥。

「そうか。じゃあ頼む」

父は出かける支度をするため一度寝室に戻って行った。

「おとうさん、怒ったのかな」遥が寝室の方を見て言う。

「怒ってないだろう。怒る理由なんかないよ」

亨と遥は朝食を済ませると、母の遺影に「行ってきます」と言い、一足先に家を出た。父はまた遺影に向かって毎朝のおしゃべりをするのだろう。今日は何の話をするのか。


会社ではまず石田部長のところに行き、父からのお礼の言葉を伝えた。すると石田部長は表情を緩め、「そう、で、どうだったの？　病院には行くって？」と聞いてきた。

「考えておくとは言ってました」

「そう。じゃあ、もしぼくの主治医でいいならいつでも言ってくださいって、もう一度伝えておいて」

「わかりました」

「くれぐれも遠慮しないように。おとうさん、会社の中で相談相手を見つけるより、外の人間のほうがいいと思うんだ。社内だとどうしても弱音は吐きたくないだろうし、その点ぼくは利害がないから」

石田部長は、父から反応があったことがうれしいのか、かなり機嫌をよくしていた。

そして、その日の昼休み、石田部長に呼ばれてデスクまで行くと、「これを君のおとうさんに渡してくれ」と封筒を渡された。

「君のおとうさんに、手紙を書いた。出過ぎた真似《まね》かもしれないが、ぼくは経験者だ。必ず役に立てると思う」

「はい……」

戸惑いながら受け取る。封筒は結構分厚くて、便箋五枚は入っていそうだった。

「おい、私信だから読むんじゃないぞ」

「わかりました」

この手紙を午前中、ずっと書いていたのだろうか。なんだか石田部長が父の友人のように思えてきた。

席に戻ると、福井が「部長がおまえに何の用だ」と聞いた。

「いえ、ちょっとした私用です」亭が答えをはぐらかす。

「おまえなあ、最近ちょっとたるんでるぞ。アベ飲料の忘年会、顔を出しただけでさっさと帰ったそうじゃないか。どうして最後まで付き合わねえんだよ。二次会、三次会にも付き合って、向こうの担当者に食い込めよ。そういう経費ならうちはいくらでも面倒見るんだぞ。いいか、広告マンってのは顔を覚えてもらってナンボなんだぞ……」

またしても説教が始まった。

亨は、小林君の言葉があった後なので、余裕で受け流すことが出来た。この先輩もいつか、身近な人間の死に直面し、世の中を知ることになるのだろう。

「若林、聞いてるのかよ」

「聞いてます、聞いてます」

周りの女子社員がクスクス笑っていた。

その夜、午後九時過ぎに帰宅して、父に石田部長からの手紙を渡すと、父は最初訝しげに封筒を見つめていたが、すぐに内容を察したのか、「ずいぶん情に厚い人なんだな」と言い、その場では開封せず、自分の寝室へと持って行った。

父が居間からいなくなったので、遥が久し振りにテレビをつけた。バラエティー番組の映像が原色だらけで目に痛かった。おまえも笑えと言わんばかりのスタジオの笑い声が耳に障《さわ》る。亨は冷凍の炒飯を温めて食べながら観ていた。

「つまんないから替えよう」

遥がリモコンでチャンネルを順にスキップする。地上波はどれも騒々しいばかりで、テレビとはこんなにテンションを上げないともたないメディアなのかと、亨は広告代理店の社員のくせにうすら寒くなった。

仕方なくケーブルテレビに切り替え、兄妹で昔のドラマをぼんやりと眺める。

「遥、冬休みはどうするんだ。今年はスキーに行かないのか」亨が聞いた。

「行かないよ。忌中じゃない」遥が答える。

「サークルの仲間には誘われなかった？」

「誘われた。断ったら、そんなのいいじゃんって言われた」

「どこも一緒だな。おれは同期から合コンに誘われて、辞退したらブーイング浴びた」

「こういうときって人間がわかるよね。一人だけ気遣ってくれる後輩がいて、聞いたら子供の頃に弟を事故で亡くしてて、残された家族の苦しみがわかるって言ってた」

「そうなんだよな。裏の小林君も同じようなことを言ってた」

「わたし、いつか落ち着いたら、今度は思いやる立場になろうと思った」

遥がしみじみ言った。そうか、思いやりか——。亨はやっといちばん相応《ふさわ》しい言葉を探し当てた気がした。母が死んでから今日まで、周囲の人間ははっきり二種類に分けることが出来た。それは思いやりのあるなしだ。

「うちら、おかあさんが死んで、いろいろ学んだね」

「ああ、そうだな」

しばらく黙ってテレビを観ていた。遥はもう飽きてスマホをいじっている。

「ねえ、おとうさんは？　寝室に入ったきり出て来ないけど、もう寝たのかな」

食事を終えた亨が、流しで皿を洗いながら聞いた。

「まさか。まだ十時だけど。お風呂も入ってないし」遥がソファから体を伸ばし、廊下の奥に目をやった。「おにいちゃん、立ってるついでに見て来てよ」

「わかったよ」

亨は廊下を歩き、父の寝室へと向かう。そのときふと何か予感がして、忍び足になった。寝室から、ラジオの音声が聞こえて来たからである。最近、寝室でラジオを聴くのが父の習慣になっていた。だから別に珍しいことではない。しかし手紙を読むのならラジオは邪魔のはずである。

亨は足音を立てずに部屋の前まで行き、ドア越しに中の様子をうかがった。耳を澄ませる。

オンエア曲に一瞬の間が出来たとき、ひくひくという父の泣き声が聞こえた。父が泣いている——。

亨は気づかれないよう、そのまま居間まで後退した。

「おにいちゃん、どうしたのよ、変な恰好《かっこう》して」と遥。亨は人差し指を口に当てた。

「おとうさんが泣いてる」声を低くして言う。

「うそ。また？　なんでよ」

「手紙を読んで泣いたんじゃないの」

「どういう手紙なの？」

「知らない。おれは読んでないから」

二人で顔を見合わせる。同じ涙でも、原因が石田部長の手紙なら、悲嘆に暮れているわけではないのだろう。きっと慰められたのだ。

ともあれ、そっとしておくしかないので、亨は先に風呂に入ることにした。遥は二階の自分の部屋へと引き上げて行く。

居間の電気を消す。母の遺影に「おやすみなさい」とささやいた。薄闇の中、母が少し笑ったように見えた。


翌朝、亨がダイニングで朝食を食べていると、父が寝室から起きてきて、封筒をテーブルに置いた。

「石田さんに渡してくれ。おとうさんからのお礼の手紙だ」

その封筒は石田部長からのものと同様に分厚く、便箋五枚以上はありそうだった。どうやら昨日、夜中にしたためたらしい。いったい何時まで書いていたことやら。

「うん。わかった」亨が戸惑いながら返事をする。

「私信だから読むんじゃないぞ」父が石田部長と同じことを言った。

父はなにやら晴れやかな顔をしていた。いつもなら背を丸めているのに、今朝は胸を反らしている。「うーっ」と意味不明のうめき声を上げ、それはエンジンの空吹かしのようにも思えた。

そして父は食欲を見せた。トーストを一枚平らげると、少し思案し、もう一枚焼いたのだ。

「おとうさん、もう一枚焼くなら、マーガリンじゃなくてスクランブルエッグ載せる？わたし作るけど」と遥が横から言う。

「じゃあ頼むかな」

遥が張り切って台所に立った。

何はともあれ、元気が出たのならよいことだ。久し振りに見る父の父親らしい顔である。

そしてその日、亨は出社すると真っ先に石田部長のところに行った。新聞を広げていた石田部長が顔を向ける。

「おはようございます。これ、うちの父からのお礼の手紙です」

亨が封筒を差し出した。

「なんだ、律儀な人だね。返事なんていらないのに」

石田部長が白い歯を見せ、受け取った。分厚いので少したじろいでいる。自分だって分厚かったくせに。

「ゆうべ、父は部長の手紙に感激してたみたいです」

「あ、そう。役に立てたならうれしいけど」

「何が書いてあったんですか」

「それは内緒。ぼくの経験談だよ。妻を亡くしていろいろあったからね」

「とにかく元気が出たみたいで、今朝はトーストを二枚食べてました」

「そうか、そりゃあよかった」

もう一度頭を下げ、亨はデスクに戻った。パソコンを立ち上げ、メールをチェックする。そんな作業をしながら、ちらちらと石田部長に目を向けた。眼鏡を鼻に載せると、父からの手紙を開封し、読み始めたのである。

椅子に深くもたれ、少し手紙を離し、目を凝らして読んでいた。

父はどんなことを書いたのだろうか。苦しい胸の内を、同年代で同じように伴侶を失った石田部長に訴えたのだろうか。手紙なら、家で子供たちには言えない弱音も吐けるのかもしれない。会ったことがないから、却って正直になれるのかもしれない。

そのとき、石田部長が不意に顔を歪《ゆが》めた。そして立ち上がると、手紙を持ったまま、左手で鼻を押さえ、部屋の外へと早足で出て行った。

泣いてる――？　亨は自分の目を疑った。しかしあの挙動はどう考えても……。

隣の課の女子社員が、偶然の目撃者だったらしく、亨の視線に気づいて振り向いた。

「ねえ、石田部長、どうかしたの？」声をひそめて聞いた。

「さあ、わかりませんけど」亨はかぶりを振った。

これは教えられない。石田部長の名誉のためにも、見なかったことにするのがいい。きっと父と自分を重ね合わせ、自分が妻を亡くしたときのことを思い出し、感極まったのだろう。しかし、おじさんたちは何をしているのだ――？

亨はなんだかおかしくなった。大人はいいなとも思った。そして心が軽くなった。みんな、支え合って生きている。それは損得を超えた、人間の本能のようなものだ。

母はこの様子を、天国で笑って見ているにちがいない。

そう思ったら、亨も鼻の奥がつんときた。

妊婦と隣人

1

隣に新しく引っ越してきた夫婦が謎めいていて、葉子《ようこ》は気になって仕方がなくなった。

松坂《まつざか》葉子は三十二歳の会社員で、第一子出産を控えて現在は産休中だった。社会人になって初めて昼間家にいる生活を送っている。予定日は一月《ひとつき》以上先なのだが、心配性の上司が「何かあったらいやだから早く休んでくれ」と懇願するので、二ヶ月も前から産休を取ることになった。妊娠生活は順調だ。体重コントロールも上々でいつも担当医にほめられている。同い年の英輔《えいすけ》は銀行員で毎晩帰りが遅い。一人ですることがないから、余計にあれこれ考えてしまうのだ。

葉子が住んでいるのは都心のUR賃貸マンションである。立地がいいのと、高層階で眺めがいいのが気に入って入居した。家賃は高めだが礼金と更新料がいらないので、均《なら》せばトントンだ。おまけに夫の勤務先からは住宅手当が出る。ここに五年暮らして貯金をして、郊外に一戸建てを買うのが当面の目標である。

隣の一八〇一号室に引っ越してきたのは、自分たちより少し年上に見える夫婦だった。

揃って地味そうな風体で、旦那は背が高くて猫背、奥さんは小柄で化粧っ気がなかった。夫婦だけで子供はいない様子だ。

引っ越しの日は半月前の日曜日で、たまたま英輔と出かけるとき、荷物を運び入れている夫婦と廊下で出くわした。葉子は、(あ、新しいお隣さんだ)と少し緊張しつつ、笑顔で「こんにちは」と挨拶したのだが、小さな声で形だけの返答と会釈をし、ろくに目も合わせず、そそくさと部屋の中へと入って行った。見たところ二人だけで、運送業者は雇っていない。荷物は学生のように少ない。

その夜、菓子折りでも持って引っ越しの挨拶に来るのかなと思っていたが、来なかった。もっとも都会では珍しいことではない。このマンションは単身者も多いし、繁華街に近いことから水商売の人もたくさん住んでいる。そもそも近所付き合いが煩わしいから、都会の生活を選ぶ人だっているのだ。葉子たちは、一応同じフロアの住人と管理人には挨拶をして回ったのだが。

隣の夫婦は玄関に表札を掲げなかった。エントランスホールのメールボックスにも名札はない。これもよくあることなので、とくに変だとは思わなかった。ただ、隣の夫婦はほとんど外出しない。隣室は廊下の突き当たりなので、出かけるには葉子の住む部屋の前を通らなければならない。一日家にいても、その足音がまったく聞こえてこず、普通に暮らしている感じがまるでない。それが不思議でならないのだ。

これまで奥さんの方と二度だけ廊下やゴミ捨て場で顔を合わせたが、いずれも葉子から挨拶し、向こうは無言で会釈するだけだ。そして相変わらず目を合わせようとしない。

「ねえ、何してる人だと思う」

夜遅く帰ってきた英輔の夜食にうどんを茹でながら葉子が聞くと、英輔は苦笑いを浮かべ、「またその話?」とテーブルで夕刊を広げた。

「だって気になるじゃない。夫婦揃って一日中部屋に閉じこもってるんだから」

「葉子の知らない間に出かけてるんじゃないの。君だって見張ってるわけじゃないんでしょ?」

「そりゃそうだけど、このマンション、玄関横の壁だけコンクリートが薄いじゃない。隣のドアの開け閉めの音が響くの、あなただって知ってるでしょ。その音がまったくしない。それから廊下を歩く足音もしないんだよ。エレベーターに乗るには、うちの前を通らなきゃならないのに……」

「音を立てないように暮らしてるんだよ、きっと。奥ゆかしい人なの」

英輔はリモコンでテレビのチャンネルを替えると、横を向いてスポーツニュースを観始めた。

「でもさあ、洗濯物を干してるときなんか、ベランダ越しに物音が聞こえたりするの。

だから昼間は家にいる」

「いいじゃないの。昼間家にいたって」

「でも出かけないのは変」

葉子は温めた丼に麺を入れ、自家製のつゆをかけた。カツオの風味が辺りに広がる。刻み葱《ねぎ》を載せ、蒲鉾《かまぼこ》を一切れ添えてうどんの出来上がり。

「お、うまそう」

英輔がテーブルに向き直り、湯気を嗅いだ。七味を振りかけ、箸を手においしそうにすする。

「ねえ、どういう仕事をしてる人だと思う？」

葉子は正面に座り、夫が食べるのを眺めながら聞いた。

「家で出来る仕事なんじゃないの。校正とか、イラストとか」

「それだったら荷物のやりとりが頻繁にあるはず。お隣は宅配便も来たことがない」

「君ねえ、そんなところまで――」

英輔が食べる手を止め、非難するように顔をしかめた。

「このマンション、お隣さんのチャイムもかすかに聞こえるの。それが聞こえないということは、何も届かないということでしょう」

「じゃあ作家。メールのやりとりで済むから。お隣さん、実は夫婦揃って純文学の作家だったとか」

「作家なんてそうそういるわけない。それに作家だからって、散歩にも出ない理由にはならないでしょう」

「あ、わかった」英輔が顔を上げた。

「何よ」葉子が身を乗り出す。

「エレベーターではなく非常階段を使っている。ほら、階段は廊下の一番奥だから、うちの前を通らないで行ける」

「あのねえ、ここ何階だと思ってるの？　十八階よ。去年の大地震のとき、丸一日エレベーターが停まって、うちらも階段使ったけど、二人とも膝がガクガクになったじゃない。忘れたの？」

「体を鍛えてるんだよ、きっと」英輔がつゆを飲み干し、ため息をついた。「あー、おいしかった」

「そもそも夫婦なのかなあ」

「さあ、知らない。どっちだっていいじゃん、そんなの」

英輔が立ち上がり、自分で丼を洗う。葉子が妊娠して、英輔は積極的に家事を手伝うようになった。

「兄妹じゃないよね、ぱっと見た印象では全然似てないし」

「知りません」

「実は駆け落ちとか」

「知、り、ま、せ、ん」英輔は面倒臭そうに答え、話題を変えた。「ところで、今日健診に行ったんでしょ。どうだった?」

「とくに異常なし。順調よ」

「ちゃんとタクシーで行った?」

「ううん、地下鉄。もったいないじゃない」

「ケチるなよ。妊婦は安全第一なんだから。地下鉄は混んでるし、階段もあるし、床が濡《ぬ》れてたら滑るし、結構危険だよ」

おなかが大きくなるに比して、英輔は小さなことまで心配する。最近では浴室に手摺《てすり》をつけると言い出したのだ。高齢者住宅じゃあるまいし。

「ねえ、駆け落ちのセン、ありだと思わない?」

「また戻るの? 知らないってば」

「だって引っ越しの荷物、異様に少なかったよね。普通、業者に依頼するとか、会社の同僚に手伝ってもらうとかするのに、お隣さん、二人だけで運んでたでしょ。考えてみれば家具らしい家具ってあったかなあ……」

葉子は思い返してみた。荷物は段ボール箱しか見ていない。布団すらなかった気がする。

「とりあえず身の回りのものだけ自分たちで運んで、家具はあとから届けてもらったんじゃないの？」

「そうかなあ、少なくともわたしが家にいる間には何の搬入もなかった」

「だから、葉子が買い物とか病院とかに出かけている間に二陣、三陣の荷物が来たの」

「うーん、そうかなあ」

「そうなの。さあ寝るよ」

後片付けを終えた英輔が伸びをして言った。夫は威張らないいい奴だが、生真面目で面白味に欠けるところがあった。車で高速道路を走行するときも、ずっと左車線を走らせている。慎重な性格だから、銀行員にはうってつけなのだろうけれど。

寝室へ行く前に、ふと気になってリヴィングからベランダに出た。手摺から顔を出し、隣室の様子をうかがうと、まだ電気がついていた。お隣さんはいつも何時に寝るのだろう。もしかして朝まで起きているのだろうか。

そんなことをしたせいで、その夜は怖い夢を見た。ベランダで物音がするので、何だろうとカーテンを開けたら、隣の夫婦が卓袱台《ちゃぶだい》を置いて原稿を書いているのだ。「すいませんね、気分転換にここで書くことにしたんです」奥さんが平然と言う。その傍ら、旦那さんは鬼の形相で原稿用紙にペンを走らせている。葉子は何も言えなくて、とにかく怒らせないようにとお茶を出した。

朝起きたときは、大嫌いな豚の脂身を食べた後のように気分が悪かった。おなかの赤ちゃんに悪影響でも与えたのではないかと、葉子は申し訳ない気持ちになった。

2

隣室の夫婦はその後も家に閉じこもったままだった。テレビを消してジグソーパズルを作っているときなど、時折トイレの水を流す音が聞こえるので、いることはいるのである。買い物はどうしているのだろう。相変わらずチャイムは鳴らないので、出前を取っている感じもしない。

いけないことだと思いつつ、葉子はコップをリヴィングの壁に当てて耳をつけ、盗み聞きを試みたが、小さな物音以外は何の音も聞こえてこなかった。いったい何をして過ごしているのか、不思議でならない。

その日も昼食をとった後、葉子は食材の買い物ついでに散歩に出た。産休に入ってからの日課だ。医者からは一日一万歩を課せられていたこともあるが、ほかにやることがないので、散歩は欠かせない気分転換だ。

近所の大きな公園を一周し、図書館で休憩がてら雑誌を読み、いつものスーパーに行った。どうせ英輔は残業だし、一人分を作るのも面倒臭いので、ちょっと高級な幕の内弁当を買い、マンションに戻った。エントランスホールのメールボックスで郵便物を取り出すとき、葉子の中で黒い気持ちが湧いてきた。すぐ上の一八〇一号室のメールボックスをのぞく。チラシが山と入っていた。まるで空室のそれだ。

葉子はひとつ咳払いして、周囲を見回した。エントランスホールに人影はない。さらに顔を近づけ、中をのぞき込んだ。宅配ピザのチラシ、区からの広報チラシ、その手の紙が二十枚以上乱雑に詰まっている。どう見ても、半月以上メールボックスを開けていない様子だ。

扉を開けて中をチェックしたい衝動に駆られた。腰を屈《かが》め、アルミ製の扉に指がかかる。

「こんにちは」

背中から突然声が降りかかり、葉子は感電したかのように体を跳ね起こした。「あ、はい。こんにちは」反射的に挨拶を返す。振り返ると、管理人のおばさんが立っていた。ああ、びっくりした。心臓が止まるかと思った。おなかの赤ちゃんゴメン——。

「今何ヶ月？」

おばさんが人懐こい笑みを浮かべて聞いた。この管理人のおばさんは、住人によく声をかけるのだ。前にも「あらオメデタ」と祝福されたことがある。

「ええと、そろそろ臨月です」

「そう。体に気をつけてね」

明るく言って去って行く。葉子は思い直し、隣室のメールボックスを開けるのをやめた。ともあれ、わかったのは、隣室に郵便物は来ていないということだ。そしてそれが意味することは……。

葉子は部屋に戻って考えに耽った。郵便物が来ないのは、外部との付き合いがないということだ。いくら電子メールの時代とはいえ、普通に暮らしていればＤＭくらいは届く。クレジットカードを持っていれば、会員誌だって送られてくる。

ひょっとして隣人は、クレジットカードも持っていないということだろうか。今の世の中、それで生活が成り立つのか。

葉子はまたコップを壁に当て、耳をつけた。長く押し当てていると、話し声は聞こえないが、時折人が歩く音がした。やはり在宅しているのである。

謎だ。いったい部屋に閉じこもって何をしているのか。たとえば今夜の晩御飯はどうするのか。見当もつかない。

一人で家にいると本当にすることがないので、葉子は隣人の謎を箇条書にしてみた。
一、隣人は家の中で毎日何をしているのか。
二、買い物はどうしているのか。

三、収入源は何なのか。
四、果たして夫婦なのか。
夜、英輔が帰宅すると、早速メールボックスのことを話した。

「葉子、まさかよそ様の郵便受けを勝手に開けたんじゃないだろうな」

英輔が眉間にしわを寄せて言う。

「ううん。上の隙間からちょっとのぞいただけ」開けかけたことは内緒にした。

「確かに、郵便物が一切来ないっていうのは不思議だけど……」

「そうでしょう」

英輔がやっと話に乗ってくれたので、葉子はうれしくなった。昼間一人だから、会話に飢えているのだ。

夜食は奮発して焼いた塩鮭をほぐし、刻んだ搾菜《ザーサイ》と一緒にお茶漬けを用意した。

「うわー、おいしそう」英輔が目を細めて食べている。

「でさあ、わたし、あることに気づいたんだけど、このマンションって家賃は高めだけど、入居するとき保証人がいらないじゃない。民間だと、保証人や勤め先に確認の電話が入ったりの身分照会があるけど、ここだと水商売でも外国人でも入りやすいでしょう。隣の人、身分を隠したいからここを選んだんじゃないかなあ」

「でも住民票がいる。あと収入証明も。さらには家賃が引き落としだから銀行口座も必要」

英輔がお茶漬けをかき込みながら理路整然と言った。

「でも書類さえ揃えれば、手続きはあくまでも事務的で、仲介業者や家主との本人面接もないから、その点では入りやすいじゃない。ネットの掲示板にも書いてあったけど、書類審査なんて右から左へスルーだって」

「何が言いたいわけ？」

「だから、正体を知られたくない夫婦なのかなあって……」

「オウム真理教の指名手配犯とか？」

「そこまでは言わないけど……。だいいちあれはみんな捕まったじゃない」

「どんな生活をしていようと、他人を詮索するのは失礼だよ」

英輔が箸を止め、教師のように諭した。

「そうだけど気になる。人目を避けて、息を殺して生活してる感じがするんだもん」

「思い過ごしなんじゃない？」

「ううん。明らかに怪しい」

英輔がお茶漬けを食べ終える。「ああ、おいしかった」椅子にもたれ、満足そうにおなかをさすって言った。

「いいこと考えた。今日、実家から電話がかかってきて梨を送るって言ってたから、それをお隣におすそ分けしたら？　それで改めて挨拶をする」

「えーっ。わたし、そんなこと出来ない」葉子は即座にかぶりを振った。

「人間、相手の正体がわからないというのが一番怖いの。一度会話を交わすと、それだけで安心出来たりするんだけどね」

「じゃあ、あなたが行ってよ」

「おれは……」英輔が口をすぼめた。

「ほら、あなただっていやなんじゃない」

「男が行くより、女が行く方が自然でしょう」

「じゃあ一緒に行こう。それなら考えてもいい」

「でもね、夫婦で行ったら、いかにも様子をうかがいに来たって印象を与えるよ」

「うん、そうかも……」

確かにそうなので、葉子は引き下がった。

「君さ、家に一人でいても退屈だろうし、しばらく帰省してたら？」

英輔が食器を洗いながら言った。葉子の実家は群馬にある。

「いやよ。あっちは近所付き合いが大変なんだから。ちょっと散歩に出ただけで二十人くらいから声をかけられるんだもん。気疲れしちゃう」

葉子が十八歳で上京したのは、都会への憧れもあるが、田舎の無遠慮さから逃れたかったからだ。高校時代、近所のおじさんから「葉子ちゃん、ちょっと肥えたな」と笑って言われ、大いに傷ついたことがある。

「じゃあこれを機会に、プルーストを読破するとか」

「今のわたしには重過ぎる。読めるのはミステリーまで」

産休前は、自由な時間をどうやって使おうか、いろいろ計画を立てたりしたが、実際休みに入ると、意識の大半がおなかの赤ちゃんに向かうせいで、すべてに集中力が続かなかった。やれるのは時間つぶしのジグソーパズルと、レンタルＤＶＤでハリウッド映画を観るぐらいだ。

「区主催のマタニティー教室へ行くって話はどうなったの？」

「やめた。途中から参加しても、知り合いいないし」

「カルチャースクールで絵を習うって計画は？」

「それもやめた。一人で通うの、いやだし」

葉子は人見知りで、人間関係に臆病だった。仕事では積極的に人脈を築いていくのに、どういうわけか、私生活になるとからっきし意気地がなくなる。

「毎日一人だと退屈でしょ」

「そりゃ退屈よ。だから早く帰ってきて」

葉子が言うと、英輔は肩をすくめ、寝室へと歩いて行った。

隣室が気になるのは、毎日一人で話し相手がいないからかもしれない。考え事ばかりしているから、想像が膨らむのだ。

葉子はベランダから隣室の様子をうかがった。それはなかば就寝前の習慣となっていた。電気がついていて、とくに物音はしない。目を閉じ、耳に神経を集中するが、話し声も聞こえなかった。


その夜、葉子はおしっこがしたくなり目を覚ました。頻尿は妊娠後期の症状である。サイドテーブルの時計を見ると、蛍光の文字盤が薄闇に浮かんでいる。午前二時だった。面倒臭いなあと思いつつ、朝まで我慢するのは体に悪いので、仕方なくベッドから降りた。素足のまま廊下を歩き、トイレで用を足し、一息つく。

そのとき玄関の方でカチャリと小さな音がした。隣室のドアが開いた音だ。葉子は考えるより先に忍び足で廊下を歩いた。玄関の三和土《たたき》に下り、ドアスコープをのぞき込む。カタン。今度は鍵をかける音がした。心臓がドキドキした。目の前の廊下を隣の夫婦が音もなく歩いて行く。葉子は二人の横顔をはっきり見た。とくに女の鷲鼻《わしばな》が目に焼き付いた。二人ともフリースとジーンズという身軽な服装だ。

隣人は深夜に外出していた――。葉子は少しだけ安堵した。一歩も外に出ない生活などありえない。

しかし新たな謎も頭をもたげた。こんな深夜に夫婦揃ってどこへ行くのか。仕事だろうか。買い物だろうか。見たところ二人は手ぶらだった。

葉子は玄関を離れると、寝室を素通りし、リヴィングを横切った。窓を開け、ベランダに出る。手摺から顔を出し、真下のマンションエントランスをのぞいた。

しばらくして男女二人の人影が現れた。早足で大通りの方角へと歩いて行く。その姿が街灯に怪しく浮かび上がり、犯行現場でも目撃したような感覚を味わった。そのうしろ姿を、曲がり角まで目で追う。

そのとき、おなかの赤ちゃんが中で蹴った。おっと、風邪をひいたら大変だ。葉子はあわてて室内に戻り、窓を閉め、寝室で布団にくるまった。隣では何も知らない英輔が寝息を立てている。

体の中に興奮が残り、目がさえてしまった。さっきのシーンが頭の中で何度も反芻《はんすう》される。足音が聞こえなかったのは、スニーカーを履いていたからだろうか。なんだか忍者みたいだ。

朝方、葉子は再び怖い夢を見た。ベランダのカーテンを開けると、忍者の黒装束を身にまとった隣の夫婦が、カラスのように手摺にとまって、じっとこちらを見ているのである。危ないですよと声をかけると、これも修行ですからと言い、横歩きで隣に帰っていった。

またしても胎教に悪そうな一夜で、葉子は朝から長旅の後のような疲労感に襲われた。おなかの赤ちゃんに申し訳なくて仕方がない。

3

翌日はずっとジグソーパズルをしながら、時折コップを壁に当てて耳を澄まし、何か音が聞こえないかと待っていた。もう本も読めない。隣室から意識が離れないのだ。

そして昼近くになったとき、壁の向こうでトイレの水を流す音が聞こえた。今起きたのだろうか。ということは、早朝に帰ってきたことになるが。ボソボソと話し声もするが、何を言っているのか小さ過ぎてわからない。

そのときチャイムが鳴った。コップに耳を当てていたせいで、壁伝いに音が鼓膜を震わせ、心臓が止まりそうになった。どっちの部屋のチャイムか。うろたえて辺りを見回す。インターフォンにランプが点灯していた。うちだった。

玄関を開けると、宅配業者の若者が箱を抱えて立っていた。「お届け物でーす」愛想よく挨拶する。ああ、そうだ。英輔に実家から梨が届くと言われていた。

葉子は受け取りながら、「お隣におすそ分けしたら」という英輔の言葉を思い出した。勇気がいるけれど、隣を少しでも知る口実にはなる。玄関先を見るだけで、家の様子はわかるものだ。葉子は考え込んだ。

いいや、やめておこう。根が臆病なのだ。

梨はあまり日持ちがしないので、とりあえず管理人におすそ分けすることにした。スーパーのレジ袋に六個ほど入れ、部屋を出て一階へと降りて行く。管理人室にはいつものおばさんがいて、獅子舞《ししまい》のように鼻の穴を広げてよろこんでくれた。「旦那さんの実家、どこなの」「どこの病院で産むの」招き入れられ、いろいろ聞いてくる。お茶まで出され、話し相手をさせられた。

葉子はせっかくのチャンスと思い、隣室の住人について聞いてみることにした。管理人なら知っているかもしれない。

「最近引っ越してきたうちの隣の一八〇一号室、どういう方が住んでるんですか？　挨拶に行きたいので、どういう方かなあって……」

苦しい言い訳を添えて、そっと切り出す。

「そうそう。十八階の一号室。廊下の突き当たり。あそこって、本当に住んでるの？」おばさんが手をひらひらさせて身を乗り出した。「各部屋の火災警報器点検、希望日時の申し込み用紙を郵便受けに入れても返事がないし、困ってるの」

そういえば先週、委託業者による火災警報器点検があった。葉子の部屋は自分が立ち会って実施してもらった。

「連絡先に書かれている携帯番号にかけても出ないし、留守録入れても返事をくれないし、どうしようかと思ってたのよ」

おばさんの言葉に葉子は背筋が粟立《あわだ》った。やっぱり怪しいのだ。

「住んでると思いますよ。ベランダ越しに部屋の電気がついてるの、見えるし。トイレを流す音なんかは聞こえてくるし」

何食わぬ顔をして答える。

「あらそう。じゃあ無視してるんだ。困るのよねえ。未点検の部屋が多いと、本部から文句言われちゃう」

「今もいると思いますが」

「そうなの？」

「ええ。さっきも物音が聞こえましたから」

「じゃあ直接行ってみよう。早く済ませたいし」

おばさんが立ち上がる。棚からファイルを取り出し、住人の名前を確認した。

「一八〇一号室はと……田中《たなか》さんね」制服のブルゾンに袖を通し、管理人室を出る。葉子には願ってもない展開だった。自分はうしろから見ていればいい。

おばさんについてエレベーターで十八階に上がった。廊下を進み、葉子は自分の部屋の前で立ち止まり、様子をうかがった。

おばさんはそのまま一八〇一号室まで行き、チャイムを押す。ピンポーン。部屋の中から呼び出し音が聞こえた。応答はない。

おばさんがもう一度押す。ドアの向こうは静まりかえったままだ。

「田中さーん、管理人でーす」おばさんが今度は声を上げた。それでも応答はなかった。

「やっぱりいないのかしら」

振り向いて葉子に問いかけた。葉子は首をひねって微苦笑し、部屋に入る。おばさんはもう一度呼びかけ、「困ったわねえ」とひとりごとをいいながら戻って行った。

葉子は居間に行き、コップを壁に当てた。目を閉じ、耳に神経を集中する。ボソボソと男女の話す声がかすかに聞こえた。ちゃんといるではないか。それなのに応答しない。

葉子は確信せざるを得なかった。隣室の男女は人目を避けて生活している。それは潜伏という表現がふさわしいレベルのものだ。こうなると夫婦かどうかも怪しい。もはやジグソーパズルも手につかなくなった。白い壁を何度も見つめている。


夕方になって、買い物と散歩に出かけた。英輔の夜食用の食材を買い、自分は弁当を選んだ。スーパーを出て公園を突っ切り、交番前の交差点に出る。信号を待つ間、ふと交番の掲示板に目が行った。

そこには全国指名手配犯の顔写真がずらりと並んでいた。胃のあたりで蠢《うごめ》くものがあり、葉子はそのひとつひとつを凝視した。

　隣人の顔はまともに見てないし、とくにピンとくるものはなかった。そもそも、二人揃って身を隠しているのだろうか。片方が身を隠し、もう片方がかくまっているということもあり得る。さらには整形している可能性だってある。最近、整形後の写真をニュースで公表したら、たちどころに市民の通報で手配犯が逮捕されたことがあった。

「似てる人でもいますか？」

　突然声をかけられ、葉子はびっくり箱を開けたくらいに驚いた。警官が中から出てきたのだ。「あ、いえ、その……」しどろもどろになる。

「信号が青になっても、じっと見てらっしゃるから、手配犯に似てる人がお近くにいらっしゃるのかなあって――」

　丸顔のやさしそうな警官が愛想よく言う。葉子は、隣室に怪しい男女がいることを話してみようかと思った。警察ならちゃんと調べてくれそうだ。口を開きかける。

　いや、それはやり過ぎだ。あの男女は何の罪も犯していない。もう一人の自分が押しとどめている。

「奥さん、お近くの方ですか？」警官が聞いた。

「あ、はい。運河沿いのＵＲマンションです」

「ああ、リバータウンタワーですね。いいところにお住まいで」

「ええ、まあ……」

「気になることがあったら、何でもおっしゃってください」

警官が促すように言う。よほど何か言いたそうな顔に見えるらしい。さて、どうしよう――。葉子は自問する。

「奥さん、妊婦さんでしょう。立ってるのも大変だ。中へどうぞ」

誘導されるまま、葉子はふらふらと中に入って行った。胸の中にあることを全部話してしまいそうだ。


「葉子、大丈夫かよ。警察に通報するなんてどうかしてるぞ」

「通報じゃありません。交番で相談しただけです」

「それにしたって、ただ怪しいっていうだけで……」

「でも、貴重な情報をありがとうございましたって言われたよ」

その夜、遅くに帰ってきた英輔とちょっとした言い争いになった。英輔が、葉子の行動をやり過ぎだと非難したからだ。

「そりゃお礼ぐらいは言われるだろうさ。しかし、警察がお隣さんを訪問して、君が通報したことがわかったら、どうなるのよ」

「大丈夫。秘密厳守。それは約束してくれた」

葉子が強弁すると、英輔はしばし自分の妻を見つめ、深々とため息をついて言った。

「君の場合、毎日家にいるということが初めてだから、やることがなくて、それで妙な妄想に取りつかれてるんじゃないの」

「妄想ですって？」

「言わないでいたけど、今度病院に行ったとき、ついでに精神科にも診てもらったら？」

「それどういうことよ」

「うちの職場にもいるよ。得意先に嫌われてると思い込んでる営業がいて、担当替えを申し出るんだけど、調べてみたらそんなこと全然なくて被害妄想だったなんてことが」

「ひどい。心外。だって管理人さんがチャイム押しても出てこないんだよ。それって現実におかしいじゃない」

「だから実際は留守で、君が聞いた物音は気のせいなんじゃない？」

「いいえ。気のせいじゃありません」

妄想扱いするとは何事かと、葉子は大いに憤慨した。夜食は茶そばを茹でて山芋とオクラを載せて供する予定だったがやめた。永谷園のお茶づけ海苔《のり》で充分だ。

「おれは君のことが心配なの。妊娠中は精神的に不安定だって言うし」

「わたしは正常です」

「もちろんそうだよ。でもね、神経が過敏になって、ないものまで聞こえるとか……」

「聞こえるんです。だったらあなた、壁に耳を当ててごらんなさいよ」

葉子がつばきを飛ばして抗議する。英輔はこれ以上妻を怒らせたくないのか、「今日は夜食いいや」と言い残して寝室へと逃げて行った。まったく失礼な夫だ。葉子は腹の虫が治まらず、自分がお茶漬けを食べた。冷蔵庫にあった魚肉ソーセージもかじった。

そしてカーディガンを羽織ってベランダに出た。仕切り越しに隣室の様子をうかがう。部屋の電気はついていた。やはり朝からずっといるのだ。そして深夜になってまた出かけるかもしれない。

葉子の中で、隣人の存在がますます大きくなった。殺人犯だったりしたらどうすればいいのか。このままだと安心して出産も出来ない。

4

数日置いて、葉子は交番に行った。その後どうなったか知りたかったからだ。あのときの丸顔の警官が中にいて、デスクワークをしていた。

「こんにちは」葉子が声をかけると、警官はさっと表情を硬くし、「ああ、この前の方ですね」とよそよそしく言った。

「この前言ったうちのお隣さんの件、どうなりました？」

「あ、あれね……。とくに問題はないんじゃないですか」

警官の口調は歯切れが悪かった。先日の愛想のよさがうそのようだ。葉子が話の接ぎ穂を失っていると、「都会にはいろんな人がいますからね。毎日家にいたって不思議はないでしょう」と言い訳がましく言った。

「ちなみにどういう人たちだったんですか？」葉子が聞いた。

「それは言えないなあ。個人情報だから」

「一八〇一号室に訪問はしたんですか」

「うん、うん、しましたよ」警官が視線を逸《そ》らして言う。うそだと思った。この間、隣には誰も訪ねて来ていない。もしかして葉子の留守中に訪問したのかもしれないが、それにしてもこの態度は不自然だ。どういうことなのか。仕事を増やしたくないのか、それとも何か隠しているのか。

これ以上しつこく聞くわけにもいかないので、葉子は引き下がることにした。夫に続いてまた突き放された感じだ。

買い物をしてマンションに戻り、管理人室をのぞいた。いつものおばさんが奥の机でみかんを食べている。葉子を見ると、「あなたも食べる？」と気さくに中に招き入れてくれた。

「一八〇一号室の火災警報器点検の件、どうなりました？」葉子が聞く。

「まだなのよ。連絡もつかないし、ホント困っちゃう」おばさんは呑気そうに言った。

「仕事は何をしてる人なんですかね」世間話を装って踏み込む。

「さあ、ここではわからない。申請書類とかは本部が管理してるしね」

「じゃあ問い合わせてみたらどうですか。点検が出来ないって」

「そこまですることでもないじゃない。実際、未点検の部屋なんかいっぱいあるし」

おばさんは、本部の管理が案外杜撰であることをあけすけに打ち明けた。

「だってホステスさんたちなんて、他人の名義で入居してるケースが多いのよ。そのへんは本部も見て見ぬふり。民間みたいにうるさいこと言うと、水商売の人と外国人はどこにも入れないじゃない」

確かに一理ある。隣人も他人名義で契約したのかもしれない。

「ちなみにお巡《まわ》りさんは来ませんでしたか？」

「うん、来た。公園前の交番の人が住民調査ってやつで来た」

「え、そうなんですか？」

「一八〇一号室に引っ越してきた人はどんな方たちですかって。ここではわからないから本部に問い合わせてみてくださいって言ったの。そしたらお礼を言って帰っていった」

「そうですか……」

葉子は拍子抜けした。あの警官はちゃんと職務を果たしていた。ならばさっきのぎこちない態度は何なのだろう。

訝りながら部屋に戻り、もはや習慣となったコップを使っての盗み聞きをした。目を閉じ、耳に神経を集中すると、静寂の中トントンという足音が聞こえた。今日も部屋にいるのだ。

トントン、トントン。やけに続く。今日は何を歩き回っているのだろう。息を止め、さらに精神統一する。しばらくすると、それが脈打つような音に変わった。ドクドク、ドクドク――。

一瞬、事態がつかめなかった。何が自分の鼓膜を震わせているのか。左胸に手を当てるが、自分の心臓ではなさそうだ。

まさか、おなかの赤ちゃんの心臓の鼓動――？　確かにこれは聴診器で聞く心臓の音と一緒だ。こんなことってあるのか。妊娠と出産の本はたくさん読んだが、赤ちゃんの鼓動が聞こえるなんてどこにも書いてなかった。

気のせいかと思い、もう一度神経を集中したが、やっぱり聞こえた。ドクドク、ドクドク。どう考えても生命の鼓動だ。

葉子はコップを使って壁に耳を当てるのを中断し、テーブルで頬杖《ほおづえ》をついた。毎日一人でいて、隣のことばかり気にしているから、それで神経が変になってしまったのだろうか。

いいや、自分は正常だ。占いも風水もＵＦＯも信じたことはない。オカルトチックなものはすべて冷ややかに見てきた。自分はいつだって冷静だ。何にせよキツネにつままれた気分である。

下を向き、おなかの赤ちゃんに語りかけた。あなたの音じゃないよね――。ただ、そうでもいいかなという気持ちもあった。胎児の鼓動が聞こえるなんて、それは素敵なことだ。

少し休憩してから、またコップに耳を当てた。ドクドク、ドクドク。さっきより鮮明に聞こえた。葉子は病みつきになり、いつまでもその鼓動を聞いていた。

その夜、帰ってきた英輔に、壁に耳を当てるとおなかの赤ちゃんの鼓動らしき音が聞こえると話したら、英輔は一瞬返事に詰まったあと、「やっぱり精神科に行って、診てもらっておいでよ」と心配顔で言った。

「そう言うと思った。でも行きません。どうせ妊婦に薬は処方出来ないから、話をするだけでしょ。だったら時間の無駄」

「でもアドバイスはもらえるだろうし、それで気が楽になったりすると思うよ」

「それよりお隣さんだって。交番のお巡りさん、態度がぎこちなかったし、何か隠し事してるような気がするんだけど」

「話を逸らさないの。生まれてくる子供のためにも、今は君の健康が一番大事なんだから」

「わたし健康よ」

「幻聴があるのに健康なわけないだろう」

「幻聴?」

葉子が目を剝《む》くと、英輔は言ってしまって引けなくなったのか、硬い表情で「安アパートじゃあるまいし、足音とか、話し声とか、水を流す音とか、普通聞こえるわけがないじゃない。全部気のせいなの」と言い連ねた。

「だってコップ使ってるもん」

「おれも試したけど聞こえなかった」

「うそ。あなたもやったの?」

「君が風呂に入ってるときにね」

「耳が悪いのよ。聴覚に難あり」

「あのね、妊娠するといろいろな感覚が研ぎ澄まされるっていうのは、男でも想像がつくよ。哺乳類の最大の事業が出産だからね。自分の中から別の命が出て来るなんて、人生で一番の経験だと思う。だから、理屈では説明のつかない現象が起きるのかもしれない。男なんか体の変化って言ったら成長と老化しかないからさ。ちょっと羨ましいと思ったりするよ」

「それって何の話?」

「おれ、思ったんだけど、君がコップに耳を当てて聞いてる音って、実は自分のおなかの中の音なんじゃない?」

葉子は何を言い出すのかと耳を疑った。

「床を歩く音とか、水を流す音とか、かすかに聞こえる会話とか、そういうの全部がおなかの中の音。今はそういうのが聞こえちゃうわけ」

「……あなた、銀行員よね」

「そうだよ。何言ってるんだ」

「本当は作家を目指してるとか、今になってそういうこと言わないでよね。我が家の生活設計が崩れちゃうから」

「話を混ぜっ返さないの」

英輔はどこで読みかじったか、精神医学の話を聞かせた。人間は普段慣れていない環境に置かれると、知らず知らずのうちに神経が圧迫され、自覚症状のないままに幻覚や幻聴、妄想といった超常体験をすることがあるという。

「どっちかって言うと、あなたの推理のほうが超常じゃない？　よく思いつくよね」

「おれは心配して言ってるの」

「わたしの方が心配。医者に行くのはあなた」

葉子が語気強く言い返すと、英輔は不服そうな顔で黙った。

「ところで、おなか空《す》いてるんだけど……」と英輔。

葉子はうどんを茹で、素うどんで出した。

「具は？」

「なし」

葉子が冷たく言うと、英輔は黙ってすすっていた。

5

その夜、葉子はなかなか寝付けなかった。英輔が変なことを言うからだ。その英輔は隣で寝息をたてている。

仕方なくベッドから起き出し、リヴィングで映画のＤＶＤでも観ようかと思ったが、壁に目が行くとそっちの方が気になるので、またしてもコップを使って盗み聞きした。

深呼吸し、目を閉じて、神経を集中する。ドクドク、ドクドク。やっぱり鼓動のような音が鼓膜を震わせた。しかし、それとは別に明らかな隣室の音も聞こえた。たとえばクローゼットを開け閉めする音などはうちと同じなのだ。隣人は今日もずっと部屋にこもって何かをしている。

そのとき壁の向こうで携帯電話の鳴る音がした。葉子は初めてのことに興奮し、さらに強く耳を押し当てた。男が何か喋《しゃべ》っているが声が小さくて聞き取れない。

葉子は英輔を起こして言ってやりたかった。何がおなかの中の音だ。

電話が終わると、しばらくガサガサという物音が続いた。時計を見ると午前一時を回っている。もしかして外出するのだろうか。

葉子はそっと玄関まで先回りし、耳を澄ました。隣でカチャリとドアを開ける音がした。ドアスコープから廊下を見る。隣人の二人が音もなく前をすっと横切って行った。今夜は男の方がリュックを背負っている。

葉子は好奇心が抑えられなくて、後をつけることにした。都会だから深夜に出歩いてもさほど目立つことはない。

急いで上下のジャージに着替え、フリースを羽織って、財布をポケットに入れた。身支度していると、おなかの赤ちゃんが内側から蹴った。だめよ、今は忙しいんだから。心の中で語りかける。

スニーカーを履いて部屋から駆け出た。静まり返ったマンションの廊下を早足で歩き、エレベーターに乗る。一階まで降りて、エントランスから外を見ると、大通りの方向に向かって二人の男女が歩いていた。

深追いする気まではなかった。二人がタクシーをつかまえたら、そこで諦めればいい。財布を持ってきたのは、コンビニで買い物をするためという自分への言い訳だ。

電話がかかってきて出かけるということは、誰かと会うのだろうか。こんな深夜にどんな用なのか。

湾からの海風が吹いてきて、葉子はフリースのジッパーを上まで閉めた。夜ともなればすっかり秋だ。

大通りに出ると、等間隔で大きな街灯があるせいで、二人の姿はすぐに確認できた。肩を寄せ合うとか、カップルらしい感じはなく、黙々と歩いている。葉子は五十メートルほどの間隔を置き、ウォーキングのふりをして尾行した。もし振り返られても、顔までは見られない距離だ。

店のウインドウに自分の姿が映る。どうかしてるよなあ、と一瞬我に返りかけたが、乗りかかった船だと言い聞かせて進んだ。

二人は五分ほど歩き、海岸沿いの通りを横切ると、運河にかかる橋を渡っていった。その先は人気《ひとけ》のない倉庫街だ。

葉子はさすがに不安を覚えた。隣人は買い物に出たのではない。埠頭《ふとう》に何か用があるのだ。どうしよう、引き返そうか。いや、ここまで来たら……。

ごくりとつばを飲み込み、自分も橋を渡ろうとしたら、おなかの赤ちゃんが中で蹴った。何よ、また？　おとなしく寝てなさい。おなかに向かってささやいた。

もはや通行人はいない。橋の向こうはタクシーも走っていない。時折トラックのエンジン音が風に乗って聞こえるぐらいだ。

葉子はウォーキングの真似も忘れて、忍者のように腰を低くして、周囲に目を配り、ひたひたと歩いた。

二人が角を曲がる。少し遅れて葉子も曲がると、二人の姿がなかった。思わず立ち止まる。どこかの倉庫に入ったのだろうか。

ふと視線を移すと、反対側の路肩にワゴン車が二台停まっていた。運転席に人影が見える。葉子は反射的に電柱の陰に隠れた。誰だろう。こんな時間に、こんな場所で。

とりあえずもう少しだけ先に行ってみよう。こっちはウォーキングの恰好をしているのだ。怪しまれることはない。おなかは大きいけれど。

そう思って足を出しかけたとき、おなか全体がグルグルと蠢いた。葉子は思わず電柱に寄りかかった。こんなの初めての経験だ。もしかして陣痛なのか。うそでしょう？　まだ一月以上あるのに。葉子は血の気が引いた。おなかの中で赤ちゃんが暴れている――。

脂汗を流し、歯を食いしばって十秒ほど耐えていたら、少し先の倉庫から七、八人ほどの人影が出てきた。さっきの二人も交じっている。同時に反対方向に停まっているワゴン車二台のスライドドアが開き、男たちがワラワラと降りてきた。

倉庫側にいた人たちが身構える。何か声を上げる。日本語ではなかった。葉子の知る範囲において、これは中国語だ。隣人は中国人だったのか。

車から降りてきた男たちが静かに言った。静寂の中で葉子の耳にも届いた。「警察だ」。中国語でも何やら言っていた。

何よ、何が起きてるの――。葉子は面食らい、足が動かなくなった。これはもしかして逮捕劇というやつだろうか。総勢二十人近い人間がすぐ目の前にいる。

次の瞬間、パンという甲高い音と共に白煙が上がった。中国人側が何かを地面に投げつけたのだ。

「催涙ガスだ！　息を吸うな！」警察側の指示が飛ぶ。いつの間にか、ほかにも車両が駆けつけていた。さらに人が増える。大捕り物になった。

電柱の陰でおろおろしていたら、うしろから襟をひょいとつかまれた。驚きで心臓が止まりそうになる。

「あんた、ここで何してる」強い口調で詰問された。

「あ、あの、わたし、ウォ、ウォ、ウォーキングを……」

葉子は腰が砕けた。体が震えてうまく話せない。

「主任、その人はちがいます」そこへ別の若い男が走って来て言った。「ほら、例の、隣の部屋の通報者」

「あ、なんだ、そうか」男はトーンダウンし、手を離すと、「あなた妊婦でしょう。早く帰りなさい」と言った。

「我々は公安警察だ。あなたの通報には感謝してるが、感謝状は出ない。ここで見たことは誰にも言わないように。何も知らなくてよろしい」

葉子は言葉を失った。突然のことに頭がうまく回らない。いったい何の話か。

「いいから早く帰りなさい」

立たされ、来た方角に向かされ、背中をポンと押された。フラフラと歩き出し、曲がり角で振り返ると、中国人たちが手錠をかけられ、車に押し込まれていた。

その先はあまり記憶がない。気が付いたら、いつの間にか家に帰っていて、パジャマに着替え、ベッドに座っていた。うしろでは何も知らない英輔がすやすや眠っている。

明日の朝、さっきあった出来事を話したら夫は信じてくれるだろうか。きっともっと暗い顔になって、精神科に行くことを勧めるだろう。

黙っていよう。説明するのも面倒臭い。

葉子は大きく膨らんだおなかを見下ろした。あ、痛みがやんでいる。手でゆっくりさする。中で赤ちゃんが静かに寝ているのが、感覚としてわかった。

ここ数日おなかの中で蹴ったのは、葉子に危険を知らせるためだったのだろうか。埠頭では陣痛かと思うくらい動いた。あそこで立ち止まっていなければ、捕り物劇に巻き込まれ、催涙ガスを吸っていた。おなかの子が救ってくれたのだ。

怖い目に遭ったのに、不思議と温かい気持ちに包まれていた。初めての出産にも自信が湧いた。自分はきっと元気一杯の赤ちゃんを産む。

急に眠気が襲ってきた。布団に潜り込んだら、葉子は三秒で眠りについた。

翌日、午前中に公安警察の男たちがたくさんやって来て、一八〇一号室の荷物を運び出していった。ドアを少し開けて様子を見ていたら、昨夜襟首をつかまれた男と目が合い、強い視線を投げかけられた。その顔には（一般市民は首を突っ込まないように）と書いてあった。笑っているようにも、怒っているようにも見えた。男たちが運び出したのは、何台ものパソコンだった。そして一切ニュースにはならなかった。

隣人は何者だったのだろう。誰も教えてくれないから想像するしかない。葉子が不審な隣人がいると知らせた交番のお巡りさんが、所轄署に情報を上げ、それが実は公安がマークしていたスパイで、訪問してはならないと命令されたのではないか。だとしたら、急に素っ気なくなった態度とも辻褄《つじつま》が合う。

隣室は以後、誰もいない。数日後には、空室であることを示す東京電力の書類が入った袋がドアノブにぶら下がっていた。

「お隣さん、引っ越したみたい」

その夜、葉子が帰宅した英輔に教えると、何も知らない夫は「君が怪しむから、それが伝わって出て行ったんだよ」とあてつけを言った。

「おれの推理では引きこもりの夫婦だね。これではいけないと思い直し、都会ではなく、人とのつながりが強い田舎に新天地を求めて旅立っていったわけ」

「相変わらず凄い仮説だこと」葉子が苦笑する。

夜食には、さっと茹でたニラと長芋と明太子を和《あ》えて御飯に載せ、キノコのすまし汁と一緒に出してあげた。

「うまい、うまい」目を細めて食べている。

そのときおなかの赤ちゃんがコツンと蹴った。生まれる前から、もう気心が知れた母と子の気分だった。

妻と選挙

1

妻が市議会議員選挙に立候補すると言い出した。妻は以前から、地元・はるな市の福祉センターにボランティア登録していて、紹介されたNPO法人で高齢者への新聞の読み聞かせの活動を行って来たが、高齢者が置かれた淋しくて厳しい現状を見るにつけ、これは市政がなんとかするべきだろうと思い始め、自らひと肌脱ぐ決意をするに至ったようなのである。

大塚康夫《おおつかやすお》は五十歳の小説家で、自宅で仕事をしていた。妻の里美《さとみ》は、かつてはパートで働いていたが、ここ十年ほどは専業主婦で、その反動からか、あるいは夫と少しでも別の時間が欲しいからか、意識的に外に用事を作りたがるところがあった。過去にもロハスに凝ったり、マラソンにはまったりと、いろいろな前歴がある。

それと双子の息子たちが大学生になり、兄の方は遠方の大学に進学して一人暮らしを始め、完全に親離れしたこともあった。要するに、妻には充分過ぎる時間があり、生き甲斐を求めているのである。

里美から選挙に出たいと打ち明けられたのは、ゴールデンウィークの最中だった。

「ねえ、おとうさん。来月告示される市議会議員選挙、やっぱり出ようと思うんだけど」

二人で昼食にざる蕎麦をすすっているとき、里美は小鼻をふくらませて言った。

康夫は返答に詰まった。先月あたりから、里美はボランティア仲間に市議会議員になってはどうかと勧められていて、その相談を受けていたのである。康夫は「冗談だろう？」とまともに取り合わず、里美はその反応がいたく不満だったらしく、以後自分からその件を口にすることはなかった。ただ、ネットで市政を調べたり、市議会を傍聴したりといった活動を続けていて、康夫は気にはなっていた。その間に、決意を固めつつあったようだ。

「それはいいけど、万が一当選したらどうするわけ？」

康夫は、思わず、ぽろりと言った。

「万が一って、それどういう意味よ」里美がさっと表情をこわばらせた。「こっちは当選を目指して立候補するのよ。遊びだと思ってるわけ？」

「いや、そうじゃなくて……」

「そうじゃなくて何よ」

「市議会議員って、君が思ってるよりずっと大変じゃないかなって……」

康夫はしどろもどろになって言い訳をした。確かにひどい言い草であった。

「もちろん、わかってるわよ。主婦の思いつきで出来る仕事じゃないって。でも、こっちだっていろいろ勉強したし、サポートしてくれるチームだってあるし、なんとかなるんじゃないかなあって」

「サポートしてくれるチームって、サルビアの会の人たちのこと？」

「うん、そうだけど」

サルビアの会というのが、里美が参加しているNPO法人で、メンバー全員が主婦だった。一度ホームページをのぞいたことがあったが、三十代から五十代までの、普通の女たちのボランティアサークルといった印象だった。

「それで勝算はあるの？」康夫が聞いた。

「ないわけじゃないのよ、それが」

里美がよくぞ聞いてくれたとばかりに身を乗り出した。

「はるな市ってニュータウンだから、保守系があまり強くないのよね。毎回、無所属の新人議員が誕生してるんだって。何も上位当選を目指す必要もないから、二千票集めれば当選出来るらしいの。それで、もし出るなら生協の会員サークルがバックアップしてもいいって言ってるし、ほかのNPO団体も協力してくれるって——」

「そんなに本格的なわけ？」

康夫は、妻がいつの間にか結構な人脈を築いていたことに驚いた。

「ほら、安田《やすだ》さんの旦那さんが弁護士だって、前に話したでしょう。その旦那さんが顔の広い人で、いろいろ働きかけてくれてるの」

安田さんというのはサルビアの会の会長である。会ったことはないが、頼れる人だといつも里美が言っていた。

「じゃあ、安田さんが出ればいいんじゃないの。どうして君なのよ」

「安田さんは、自分は参謀役が向いてるって。それにもうすぐ還暦でしょ。だから新人で有権者にアピールするには、大塚さんみたいに若い人じゃないとだめだって」

「若い人って、君も四十九でしょう」

「そうだけど、安田さんが言うには、わたしは若過ぎず、老けてもいず、候補にはちょうどいい年齢なんだって。……それから、これはわたしが言ったんじゃないよ」里美が一拍置き、洟《はな》をひとつすすって言った。「安田さんをはじめ理事の人たちが言うには、大塚さんは美人だから選挙に有利だって」

「はは」聞くなり、康夫はつい失笑してしまった。

「笑うと思った」里美がすっと目を細める。危険な兆候である。

「あ、いや、ごめん。美人ですよ。美人ですとも」

康夫は慌てて取り繕いつつ、選挙とはこういうものなのだろうと納得した。担ぐ人間と、担ぎ出される人間がいるのだ。

「で、口ぶりからして、あなたは反対なわけですね？」里美が他人行儀に言った。さらなる危険域である。

「いや、そういうわけでは……。ただ当選したら大変だろうなあって思ったりして……」

なんとか怒らせまいと、猫撫で声を出した。

里美が議員になったらどうなるのか。康夫にはまったく想像できない。ＰＴＡや町内会の役員だってやったことがないのに。

「ちゃんと覚悟の上。福祉のために頑張りたい」

里美が青年のように決意を述べる。康夫は一応思っていることを言った。

「あのさあ、ストレスになるようなこと、いっぱいあると思うよ。保守派の古参議員からセクハラ野次を飛ばされるとか、有権者から身勝手な頼みごとをされるとか。仕事のプレッシャーだってあるだろうし」

「そうかもしれないけど、やってみたいの。あ、そうだ。お金のことなら心配いらないからね。供託金の三十万円も含めて八十万円以内で済ませる。サルビアの会が半分カンパしてくれるっていうから、あとはわたしが自分の貯金をくずして充てる」

「八十万円なんかで済むわけ？」

「済みます。ポスターと選挙カーのレンタル料だけ。あとはみんなの手弁当。業者には頼まない。ウグイス嬢も雇わない。選挙事務所もサルビアの会の部屋を使わせてもらう」

「ふうん」

ずいぶん甘い計算のような気もするが、突っ込まないでおいた。

「あなたは何もしなくていい」

「あ、そう」

そう言われて半分ほっとした。まさか応援演説に駆り出されるのではないかと、それを恐れていたのだ。

「ただ一点だけ」里美がそう言って、人差し指を立てた。「プロフィールに、《夫はN木賞作家の大塚康夫》という一文だけ入れさせて。みんな、そうしろって言うの。たぶん、それだけで世間的な信用度が上がるってことなんだろうと思うけど。お願い、絶対に迷惑はかけないから」

「それくらいいいけど」

どうやら話はかなり具体化している様子である。このまま放任していいものか、康夫には判断がつかない。

「じゃあ、わたし出るね」と里美。

「あ、うん」仕方なくうなずく。

妻が選挙——？　現実離れした状況に、康夫は適当な感想が浮かんでこなかった。里美は、夫が反対しなかったことに安堵したのか、大きく息をつき、機嫌のいいときの微笑みを浮かべていた。

出馬すると決めた里美は、翌日から毎日家を空けるようになった。サルビアの会の事務所内に選挙対策本部が作られ、マニフェスト作りに追われている様子なのである。告示まで一月ないのだから、準備も大変なのだろう。

市議会のホームページを見てみたら、はるな市の市議会議員は定数四十二人だった。康夫はそんなにいるのかと驚いた。そもそも康夫はこの町に引っ越してきて以来、一度も選挙に行っていない。政治への関心ゼロなのだ。

ホームページには現職議員が写真入りで掲載されていて、ホステスみたいな派手な女や、学生と見紛《みまが》うほど若い男もいた。なるほど国政とちがってかなり緩そうである。女性議員は七、八人いた。この割合が多いのか少ないのかはわからないが、顔写真を眺めていたら、この中に入れば里美も美人かなと思ったりもした。ともあれ、ハードルはそれほど高くなさそうだ。

その日、午前中の執筆を終え、さて昼飯をと思ったところ、里美が家にいなかった。仕方がないので、パスタを茹でることにした。レトルトのソースがいくつかあるので自分でも作れる。

鍋でお湯を沸かしていると、二階から双子の弟・洋介《ようすけ》がパジャマ姿で降りてきた。

「なんだ、おまえいたのか」

康夫は眉をひそめた。連休中なので家にいても不思議はないのだが、昼まで寝ているとはどういう生活サイクルなのか。

「あ、おれもパスタ食べる。一緒に茹でて」

そう言うと冷蔵庫から牛乳を取り出し、コップに二杯、恐竜のように流し込んだ。

洋介は早稲田の理工学部二年生である。数学がからきしだめだった康夫の息子が理系の秀才なのだから、まったく遺伝子はあてにならない。

ちなみに、双子の兄・恵介《けいすけ》は京都のあまり有名でない私大に進んでいて、春休みもゴールデンウィークもバイトとフットサルのサークルで忙しいと言って帰省していなかった。こちらの方が康夫似かもしれない。近頃少し気難しくなっている。京都へ行ったのは親元を離れたい一心で、反対したら恐らく進学せずに家を出ただろう。成績優秀な弟と比較されるのがいやなのかもしれないが、親としては黙って見守るしかない。

親に昼食を作らせて、洋介はスマホをいじっていた。

「ゆうべは何時に帰って来たんだ」康夫が聞いた。

「始発で帰って来た」

「麻雀《マージャン》か」

「うん」

こっちを見ないでぞんざいに答える。十九歳は、親の存在など視野に入っていない。康夫自身もそうだったから、とくに文句はないのだが。

パスタを作り、テーブルに二つ並べた。いただきますとも言わずに洋介が食べ始める。

「今日はバイトか」

康夫が聞いた。洋介は家庭教師のアルバイトをしている。

「うん。連休中だから昼間。食ったら出かける」

「おまえ、髭《ひげ》ぐらい剃《そ》って行け」

「うん」

父と子の会話は簡単な質疑応答だけである。

しばらく黙って食べていたら、「おかあさんは？」と洋介が聞いた。

「サルビアの会に行ってる」

「選挙のこと？」

「なんだ、おまえ知ってたのか」

康夫は、子供たちにはまだ話していないものと思っていた。

「この前聞いた。おかあさん、市議選に出ようと思ってるんだけど、どう思うって」

「なんて答えたんだ」

「出ればいいじゃんって答えた。おれはまだ十九で選挙権がないから、投票できないけど」

「ふうん。理解あるな。もしおかあさんが市議になったら、忙しくて毎晩ご飯を作るなんてことも出来なくなるぞ」

「いいよ、別に。どうせ平日はほとんど家で食べないし。困るのはおとうさんだけだって」

確かにその通りである。妻が当選したら家に取り残されるのは自分一人だ。

「恵介は何て言ってるんだ」

「さあ、知らない」

「おかあさんが立候補することは知ってるのか」

「それも知らない」

「連絡は取り合っていないのか」

「うん」

洋介はパスタを猛烈なスピードで平らげると、流しに立ち、自分で食器を洗った。

「兄弟なんだから、メールのやりとりぐらいしろよ」

「面倒臭《めんどくせ》えって」

洋介はそう言い捨てると、さっさと二階へ上がっていった。

双子だからずっと寄り添って生きるものだと思っていたら、そういうことはまったくなくて、高校生以降は完全な別行動になった。仲が悪いとかではなく、互いに無関心なのだ。子供たちだけでなく、康夫と里美も別行動が多い。大塚家は今、家族間の引力が一番弱い時期なのかもしれない。家族が賑やかだった時代はとうに終わってしまった。

康夫は恵介にメールしようかと考えたが、やめておいた。登録はしてあるが、一度もメールしたことはない。うるさがられるだけだ。

午後は犬のフレディと散歩に行こうと思った。関係が変わらないのは、すっかり歳を取った愛犬とだけである。

2

ゴールデンウィークが終わると、家にいるのは康夫一人になった。頻繁にやって来る宅配便を受け取り、訪問セールスを断り、かかってきた電話に出る。そのたびに執筆を中断させられ、少し苛《いら》ついたりもするのだが、誰かに文句を言う筋合いもなく、諦めることにした。だいいちそんな言い訳とは関係なく、執筆量はかなり落ちている。

康夫自身、作家稼業に少し倦怠感《けんたいかん》を覚えていた。本が以前ほど売れなくなったのだ。

作品の質が落ちたのなら、それも仕方がないが、これはという自信作でも売れないので、今さらながら世間の儚《はかな》さを思い知った。風が吹いていないときは、どんなにいい凧《たこ》を作っても揚がらないということだろう。初版部数は見事に半減した。

もともと上昇志向の希薄な人間なので、とくに不満はなかった。ある程度の業績は残したという自負はあるし、充分な蓄えもある。サラリーマン時代を思えば、天国のような暮らしである。

この先はさらに部数が下がり、やがて過去の人となるのだろう。それも仕方がないと思っている。元来が平凡な男なのだ。

そして夫と入れ替わるように、妻が世に出ようとしているのだから、これも天の配剤なのかもしれない。最初は当選などするはずないと思っていたが、日が経つにつれて、応援する気持ちだけは湧いてきた。少なくとも惨敗などという結末で妻を落ち込ませたくない。

里美は連日、市内のあちこちで会合を開いていた。市議選の選挙運動は七日間だが、支持者集めの活動はすでに始まっているらしい。「有権者の要望を聞いて回ってるの。こっちは無名の新人だから、そうやって顔と名前を憶えてもらわないと、票に結びつかないのよ」と里美は言っていた。潑剌《はつらつ》とした様子なので、よろこばしいことである。

その夜は編集者と打ち合わせを兼ねた会食があり、康夫は銀座へ出かけた。銀座といっても居酒屋で、サラリーマンで賑わう庶民的な店である。以前は一人前で二万円もするような寿司屋で接待を受けたものだが、近頃はもっぱらエコノミーな店であった。長引く出版不況により、交際費も削られているようだ。ただ、作家によって異なるのだろう。売れなくなれば、店のランクも下がるのである。部長や編集長も最近は滅多に出て来ない。

「最近、景気はどう？」

ビールを飲みながら、修英社の松原《まつばら》という三十代の担当編集者に聞いた。知りたいわけではなく、世間話として振っただけである。

「だめッスよ、もう」松原が大袈裟に手を振って答えた。「ぼくが入社してから一貫して売り上げは右肩下がり。ボーナスが満額出たことなんてここ五年は一度もないですから。文芸局なんか赤字部署の常連で、ベストセラーが出たときだけ一息つく感じですよ」

「そうか、そりゃ大変だね」康夫は予想通りの答えに苦笑した。

「小説誌なんか廃刊にしろって声も社内にはあるんですよ。言うのはコミック局の連中ですけどね。そりゃあ収益が見込めない雑誌ですけど、それがなかったら書下ろし以外の単行本がなくなるし、文庫の出版点数も減ってそっちでも打撃を食らうわけでしょう。

ほんとコミックの連中は傲慢ですよ」

「まあ、稼いでる部署が威張るのはどこも一緒だよ」

「でも、実際に数字を突き付けられると辛いものはありますね。局長なんか弱気になって、セールスが見込めない小説は単行本を飛ばして文庫に出来ないかって、そういうことを言い出してるんですよね」

康夫は聞いていて胸が痛くなった。それは自分のことなのか。

「いや。大塚さんはちがいますよ。ちゃんと部数が見込めますから。もっとひどい人がいるんですよ」

慌てて弁明したが、他人事とは思えない。松原は、近年いかに本が売れないかをとうとうとしゃべった。編集者の定番の愚痴で慣れているが、売る前から言い訳を聞かされているようなものである。

「それで仕事の話なんですが、秋からの連載、大塚さんはどういったものを考えていらっしゃいますか」

問われて康夫は答えた。

「もう一度、犯罪小説にチャレンジしてみたいんだけどね」

そのとき、松原の表情が一瞬曇った。「あ、そうですか。わかりました……」返事にも覇気がない。

康夫は三年ほど前、これまでのユーモア小説路線からの脱却を図るべく、犯罪小説を修英社から上梓《じょうし》していた。市井の人々の心の闇と転落を描いた自信作だったのだが、見事に売れなかった。だからリベンジを果たしたいのである。

「大塚さん、《井端《いばた》さん一家》シリーズはもう書かないんですか？」

松原が遠慮がちに聞いた。《井端さん一家》とは、康夫のN木賞受賞作で、過去一番売れたユーモア小説のシリーズである。これまで三作書いて、テレビドラマ化もされ、すべてヒットしていた。もう五年ほど続編を書いていないが、康夫は終わらせたつもりでいた。マンネリ化しているし、作者本人が飽きてしまっている。

「もう書けないんだよね。アイデアが浮かばないし」康夫は正直に答えた。

「でもネットとか見てると、いまだに大塚康夫の《井端さん一家》シリーズはいつ出るのかって、そんな待望論がいっぱいあるんですよ」

「そう。それはうれしいけど、無理に続けて質を落とせば、そっちの方が読者を裏切ることになるし」

「いや、大塚さんのことだから、書き出せばきっと調子が出ますよ」

松原は珍しく食い下がった。

「何よ、犯罪小説じゃだめなの？」

「いえ、そんなことはありませんが、《井端さん一家》をやめるのはあまりにもったいないないと思って……。実は編集長から、次の連載はシリーズ再開でお願い出来ないかって、そう言われて来たんですよ」

「そう」康夫は苦笑した。「ありがたいけど無理かな」

「わかりました。編集長には伝えておきます」

断ったせいで会話が弾まなくなった。康夫は新しい連載の構想を開陳したが、松原の相槌《あいづち》は形だけで、あまり気乗りしない様子に見えた。そして話題はまた出版不況に戻り、松原は、今日び売れる小説は展開が早くてわかりやすいものだと指摘し、康夫にはそれが忠告にも当てつけにも聞こえ、ますます空気が重くなった。

二軒目はホステスのいるクラブではなく、普通のバーに行った。これも経費削減ということだろう。松原は少し酔っ払い、これからは出版社も作家も生き残りをかける時代だと熱弁をふるった。その通りなので、康夫は黙って聞いていた。そしてそれとは別に小さなショックを受けていた。新人だった頃を除けば、小説の内容に編集者が注文を付けることはなかった。康夫が好きに書いたものを「お原稿ありがとうございます」と拝受するのがこれまでの通例だった。もしかしたら、今夜が作家人生の変わり目なのかもしれない。ネガティヴな業界話も、ベストセラー作家なら聞かされることはないだろう。

康夫はバーの喧騒《けんそう》の中で、老人になったような気分を味わっていた。

翌日、今度は編集長から電話がかかって来た。松原の報告を受けての念押しだった。

「《井端さん一家》シリーズをお書きになる気がないそうで、とても残念です。これ以上時間が空くと、再開のタイミングを完全に失うと思うのですが、大塚さんはそれでも構わないわけですね」

口調がどこか事務的で、説得というより通告という印象だった。

「うん、構わないけどね。もう書く気はないし」

康夫はきっぱりと返答した。そういう言い方をされれば意地にもなる。

「わかりました。で、秋からの連載の件なんですが、どうですかね、大塚さん。うちの雑誌じゃなくてウェブマガジンで連載するのはいかがかなあと……。ご存知と思いますが、うちの文芸局で運営しているサイトで、エッセイや連載小説も掲載してるんですけどね」

「うん、知ってる。ぼくはどこで連載しても構わないけどね」

康夫は平静を装って答えた。これは格落ちということか。それほど前作は売れなかったということなのか。もしかしてウェブマガジンだと原稿料が安いのだろうか。それを聞く図太さはない。

「なんなら書下ろしでもいいし」

そして動揺したせいか、強がって、思ってもいないことまで口走ってしまった。

「あ、そうですか……」編集長が一瞬言葉に詰まった。「えーと、それでしたら、どうでしょうか、次の長編は書下ろしということでもよろしいですかねえ」

途端に声が弾む。

「うん、いいよ。締め切りがない方がじっくり書けるし。また前回みたいに長くなりそうだし」

自分から言い出した手前、引くに引けなくなった。書下ろしだと、原稿料が発生しない。

「じゃあ、すいません。書下ろしでひとつお願いします。いやあ、大塚さんのようなベテラン作家に書下ろしというのは、申し訳ない気もするんですが、松原には連載と同様のサポートをさせますので、どうぞよろしくお願いします」

編集長は機嫌がよくなり、最後は「あはは」と笑い声まで上げていた。

電話を終えると不思議な空白感があった。考えがまとまらず、ぼうっと書斎の窓から外の景色を眺めている。

これまでなかったことだった。自分の原稿はどの出版社も欲しがり、内容に口出しする編集者はいなかった。N木賞を獲ってからは完全な売り手市場だった。それがもはや必要とされなくなっている。

康夫は深々とため息をついた。初夏を思わせる日差しが、アスファルトを白く照らしている。

夕方になって里美からメールがあった。今夜は遅くなりそうなので、申し訳ないけど晩御飯は出前をとってくださいという内容だった。

仕方がないので近所の寿司屋から出前をとることにした。酒が飲みたかったので、握りとは別に刺身も注文した。「適当に、一万円くらいで」と言ったら、町の寿司屋なのでびっくりしていた。

家に誰もいないので、居間のオーディオ機器を結構な音量で鳴らし、昔のロックを聴いた。ビールでは飽き足らず、ウイスキーも飲んだ。

無性に誰かと話したくなったが、妻以外に相手が思いつかなかった。仕事を抜きにした友人がもはやいないのだ。酒の勢いもあって長男の恵介にメールを打った。この時間、息子が何をしているかはまったく知らない。

《おまえ、おかあさんが市議選に立候補するのは知ってるか?》

五分ほどして返信があった。

《知ってるけど、何かあった?》

そうか、知ってたか。妻と長男はちゃんと連絡を取り合っているようだ。

《知ってるならいい》
それでメールのやりとりは終わった。変わりはなさそうだ。
ステレオの音が外に漏れるのか、フレディが庭から窓ガラスに顔をくっつけ、中をのぞいていた。普段は部屋に上げないのだが、その夜は招き入れてやった。

3

次回作は書下ろしと決めたら、締め切りがなくなり、なんとなく緊張感まで失《う》せた。準備の資料読みはあるが、それも急ぐものでもなくなった。極端なことを言えば、気が向いたときに仕事をすればいいのである。

一抹の寂寥《せきりよう》感はあったが、仕方がないことと諦めた。どの道どこかで行き詰まっていただろう。消えていく作家はたくさん見てきた。百万部のベストセラーを出した作家でさえ、数年で名前を聞かなくなるのがこの業界なのだ。自分だけが例外のわけがない。

追い打ちをかけるように、付き合いの長かった編集者が異動で文芸を去り、その挨拶がメール一本きりで、後任への引継ぎがなかったという出来事もあった。その出版社には、もう康夫に興味を示す編集者がいないのだろう。

康夫は、朝から窓の外ばかり見ていた。家の前をクリーニングの集配の軽自動車が通り過ぎる。運転しているのは同年代の男だった。会社をリストラされて、バイトのような仕事しかないのだろうか。自分が五十歳でよかったと思った。もし四十歳だったら、子供たちはまだ小学生で、家長としてのプレッシャーも並ではなかったろう。もう義務は果たしたのだ。子育ても一段落し、家のローンも終わっている。

里美には今起きていることを話さなかった。元より仕事の話はほとんどしていなかったし、里美も聞かなかった。ただ確定申告の結果を見ているので、亭主の収入がずいぶん減っていることだけはわかっているだろう。里美は察しのいい女だ。夜の誘いがめっきり減ったことも気づいているはずだ。

昼近くになって玄関チャイムが鳴った。誰だろうと思って出ると、町内の山田《やまだ》だった。子供たちが小さい頃は何かと親切にしてくれた老人である。

「奥さん、おられますか?」

康夫が外出中だと答えると、山田は「市議選のことだけど」と前置きして、言い難《にく》そうに口を開いた。

「この前の懇談会で、奥さんの公約は聞いたけど、そのあと町内のシニア会で話し合ったところ、こっちにも条件があって、地域バスの巡回路を公園横の道まで持って来てくれること、それから町内の用水路に蓋をしてくれること、この二点を確実にやってくれるなら考えてもいいって、そういう結論になったから、わたしが代表して伝えに来たんだけどね」

「はあ、そうですか……」

「奥さんが公約に掲げる高齢者福祉の充実は、確かにわたしら年寄りにはありがたいけど、でもやっぱり、市議選となると具体的に何をしてくれるかが大事になってくるわけで、とくに今言った二点はシニア会の悲願だからね。同じ町内だからって支持を期待されても、そこだけはクリアしてもらわないと困るわけ」

山田はむずかしい顔で話を続けた。

「隣の弥生《やよい》町から出てる現職の市議は……渡辺さんって人だけど、二つともやるって約束してくれてるのね。だから大塚さんの奥さんは、それプラス何かを打ち出さないと、正直なところシニア会の票は得られないかなあって……。近所だから応援したい気持ちは山々なのよ。だから出来ればもうひとつ……」

「はあ、わかりました」

「結局のところ選挙はギブアンドテイクだから」

山田が自分で言ってうなずいている。康夫は突然の来訪と訴えに当惑したが、推察するに、里美の打ち出す公約に町内のご隠居さんたちは満足出来ず、具体的要求をしてきたということなのだろう。

山田はバツが悪かったのか、「恵介君と洋介君は元気？」と話題を変え、少し世間話をして帰っていった。

なるほど、これがドブ板選挙というやつか。康夫は妻の顔を思い浮かべ、少し切なくなった。やはり選挙は甘くない。里美は悪戦苦闘しているのだろうか。


その夜、昼間の件を伝えると、里美はたちまち表情を暗くし、「あ、そう」とため息をついた。

何か言いたそうな顔だが、言葉を吞み込んで、考え事をしている。

「大変そうだね」康夫が水を向けた。

「うん、大変」里美が力なく答えた。「みんな、自分たちにどれだけ便宜を図ってくれるのか、そればかりなのよね」

「しょうがないよ。世間ってそういうものだから」

康夫が慰めると、里美はしばらく黙り込み、「わたし、甘かったのかなあ」と遠い目でつぶやいた。

「高齢者福祉って誰にとっても身近な問題だから、みんな関心を持ってくれると思ってたけど、実際はそうじゃないのよね。うちの親は埼玉に住んでるから関係ないとか、裕福な人たちだと、老後は個人の自己責任だろうって言ったりとか。でもって関心があるのは、うちの前の通りを一方通行にしてくれとか、町内の街灯をＬＥＤ照明にしてくれとか、そんなのばかり。保護者会で一緒だった佐々木《ささき》さんなんか、投票するから、うちの子、旦那さんの口利きで出版社に入れてもらえないかとか、そんなこと言ってくるし」

「はは。それは無理かな」康夫は苦笑した。

「毎日そんな住民エゴに直面して、ちょっとうんざりしてる」

「サルビアの会の人たちは何て言ってるの？」

「いろいろ。そんなの無視すればいいって言う人もいれば、我慢しなきゃだめだって言う人もいる」

「ふうん」

「なんか、へこむなあ。わたしやめたくなってきた」

里美は何度もため息をつくと、テーブルに突っ伏した。沈黙が流れる。点けっぱなしのテレビでは、売れなくなったタレントが、自分の全盛期の収入を披露して盛り上がっていた。

「今やめると、きっと後悔するよ」康夫が言った。里美が顔を上げる。

「そう？」

「当たって砕けた方がまだいいと思うけど」

里美はしばらく考え込むと、「へえー。わたし、あなたのことだから、さっさとやめろって言うのかと思った」と意外そうに言った。

「政治って、きっときれいごとじゃ済まないんだよ。いいじゃん。一方通行にします、街灯をＬＥＤにします、だからわたしに入れてくださいって言えば。当選すればこっちのもんだから、それで有権者のエゴをかわしながら、一歩ずつ理想に向かって進めばいいじゃん」

「何かあった？」

「何かって？」

「らしくないこと言うから」

「そうかな」

「そうよ。世間に対してクールで皮肉屋なのが、作家・大塚康夫」

里美が頬杖をついて言う。その通りなので、康夫は黙って下唇を突き出した。

「そもそもあなた、わたしが選挙に出るの、よろこんでなかったじゃない」

「そんなことはないさ。君が何かにチャレンジするなら応援したい」

「あ、そう。そうならうれしいけど」

「きっと恰好をつけてる場合じゃないんだよ、選挙って。現職の市議会議員なんか、会ったこともない人の葬儀に参列したり、香典を包んだりするじゃない。彼らは土下座もするし、うそ泣きもする。そういうの、里美も少しはやるべきなんだよ」

「うそ。土下座も？」

「それはたとえ話だけど、深々と頭を下げて、何を言われても笑顔で通して、嫌がられても握手の手を差し出して、人が集まるところには図々《ずうずう》しく押しかけて、そうやって名前を憶えてもらわないと、先に進めないのが政治の世界なんだよ」

里美が眉をひそめ、康夫を見つめていた。

「選挙戦だって、きちんと事務所を構えて、ウグイス嬢を雇って、フル装備でやればいいじゃないか。ドブ板選挙、大いに結構。プライドをかなぐり捨てて、駅前で通勤通学の市民と握手して、自転車にのぼりを立てて走り回って、そういうことしてやっと勝てるのが選挙なんだよ。汗かいて、喉を嗄《か》らして、戦うべきだと思う。おれはいくらでも協力する」

夫婦の会話なのに声が上ずった。言葉が勝手に口をついて出ている感じがあった。自分が日陰にいるときは、妻に太陽を浴びてもらいたい。これからはそうなりそうだ。夫婦はどちらかがよければ、ちゃんとしあわせでいられる。

「資金ならおれがカンパする。おれは君に当選してもらいたい」

「ねえ、やっぱり何かあったんでしょう」今度は笑いを噛み殺していた。

「何もない。君が生き生きと毎日を過ごす姿が見たい」

里美はしばらく康夫を見つめると、「ありがとう。頑張ってみる」とうるんだ目で言い、椅子から立ち上がった。テーブルを回り、康夫のところに来て抱きつく。そのままソファに押し倒された。

「ただいまー」

タイミングがいいのか悪いのか、そのとき洋介が帰って来て、二人は慌てて離れた。

翌日、夫の協力が得られそうだという里美の話を聞いた、サルビアの会の安田が自宅に押しかけてきた。おかっぱ頭の還暦間近の婦人である。

「大塚さん、ご協力いただけるそうで、本当にありがとうございます」

手を握り、感激の面持ちで頭を下げられた。

「あ、いや、夫として応援するのは当然のことですから」

康夫はその熱気にたじろぐ。

「里美さん、夫を選挙には巻き込みたくないって、最初から言ってて、それでわたしたちも遠慮してたんですよ」

「はあ、そうですか」

隣の里美を見やると、小さく肩をすくめていた。なるほど、そんな舞台裏があったのか。

「でも、わたしたちとしては、やっぱり大塚さんの知名度を使わない手はないと思ってたんですが、こちらから言い出すのは図々しいし、どうしたものかと……」

「いや、ぼくの知名度なんてたいしたものじゃないですよ。お役に立てるかどうか」

「そんなことありません。素性が知れない人間に有権者は投票しないんです。有名大学を出てるとか、弁護士資格を持っているとか、そういうのが凄く大事なんですよ」

「そう。わたし、何もないから」と里美。

「ううん。そんな意味で言ったんじゃないのよ。里美さんはボランティア活動を何年もやって来て、地元の事情を知り尽くしてるから、それは大きなアドバンテージなの。ただ知名度がないから、ご主人の名前を借りたいってこと」

「じゃあ、ぼくはどうすればいいんですかね」康夫が聞いた。

「街頭演説は、お嫌ですか？」

「えーっ」康夫と里美が思わず一緒に声を上げていた。

「無理、無理。うちの夫はそういうの、大の苦手ですから」

康夫より先に里美が断った。さすがに夫の嫌がることを知っている。

「夫唱婦随を印象付けるって、とても効果があるんですけどね」

「でもそれは無理だと思います。ね、あなた」

「うーん、そうねえ……」

康夫は渋面をつくった。子供の頃は目立ちたがり屋だったが、学生時代あたりから人前に出るのが大の苦手になった。文壇のパーティーですら避けるくらいだから、スピーチなど一種の拷問である。

「じゃあ、残念ですがそれは諦めましょう」

安田も無理と思ったのか、引き下がった。男としては少し情けない。

「ホームページに推薦文を書くとかならいいですけどね」

申し訳ないので、代わりに康夫から提案した。

「あっ、それはぜひお願いします。奥さんの人となりがうかがえるエッセイなんかを、ぜひ。きっと市民の関心を引くと思います」

「あとはビラ配りとか、選挙カーの運転とか、そういうのも手伝えますけど」

「ちょっと、あなた、仕事はどうするの。無理しないでよ」

里美が横から言った。

「いや、しばらく締め切りはないし、こっちは大丈夫だけどね」

康夫の中には、どこか仕事から逃避したい気持ちがあった。本当はいい口実なのだ。

「それからお金の話で恐縮ですが、大塚さんからカンパをいただけるそうで」安田が遠慮がちに聞く。

「じゃあ百万円」康夫は勢いで言った。

「ちょっと。金額はよく考えて、あとで決めましょう」里美が目を丸くし、即座に制した。「わたしはあくまでも普通の主婦でも政治がやれるんだって、そういう草の根運動の姿勢をアピールするつもりだから、夫のお金を当てにすることはしたくないの」

「わかった。じゃああとで」

安田は微苦笑してうなずいていた。ともあれ、康夫が運動に加わることだけは決まった。

安田は、選挙活動も始めてみると厳しいことだらけで、女ばかりのサルビアの会は少し意気消沈しているところだった、そこに大塚さんがサポートの名乗りを上げてくれてとても感謝している、と目を細めて語った。

「既成政党って本当に強くって。徒手空拳とはこのことかと、みんなで焦ってたんです。でも大塚さんが加わってくれるなら百人力」

「いや、その、あまり買い被らないで……」

「ううん、ご謙遜」

里美は横で口をすぼめていた。あなたゴメンね、というときの仕草である。

康夫は頼られて悪い気はしなかった。人は必要とされている場所で頑張るものなのだ。

話が決まると、早速地元商店街の空き店舗を二週間だけ借り、即席の選挙事務所を開設した。そしてテーブルや椅子、茶碗などをレンタルで借りたのだが、世の中にはほとんど選挙屋とでも呼べそうな業者が存在して、初めての里美たちに対して、懇切丁寧に必要な物をレクチャーしてくれるのには、康夫も傍から見ていて驚かされた。

選挙ポスター製作にも業者がいて、康夫が知らない間に進行していた。カメラマンやデザイナーなら知り合いもいるし、少しは役に立てるのではと思っていたが、里美は「餅は餅屋」のたとえを持ち出し、業者に任せていた。

その出来上がったポスターというのが、どうすればこうまで皺《しわ》を消せるのかというほどCG処理がなされたもので、康夫は絶句するしかなかった。なるほど、夫に相談しなかったわけである。

「言いたいことはわかってるから、言わないように」

里美はポスターを手にした康夫に、すかさず釘《くぎ》を刺した。それは機嫌がよろしくないときの、事務的な口調だった。

お揃いの白いポロシャツと白いスニーカーを、運動員の数だけ購入した。純白の鉢巻と手袋も買った。康夫のカンパで実現した買い物だ。みんなによろこばれ、康夫はうれしくなった。

そうやって準備を進める中、あっという間に告示日がやって来て、立候補届を提出し、一週間の選挙運動が始まった。泣いても笑っても、七日後には結果がわかるのである。

里美にとっては就職試験以来、二十五年振りくらいの合否判定だろう。康夫まで武者震いした。四年ほど前、妻が東京マラソンに出場したときも、送り出す際、胸がキュンとしたが、今回は大きさがちがった。選挙なのである。いったい、選挙に出る妻を持つ夫が、この世に何人いるというのか。小説家として修辞で言うなら、小さなヨットで大海に漕ぎ出す妻を、岸で一人見送る夫の心境である。当然のごとく、仕事はまったく手につかなかった。

4

選挙運動が始まると、康夫は選挙カーの運転手を買って出た。ウグイス嬢を助手席に乗せ、里美は軽自動車の後部座席から手を振るのである。夫がそばにいることを里美は嫌がるかと思ったが、そんな素振りは見せず、明るく出陣した。

ただ、最初の一声は勇気がいったようで、どこか及び腰のところがあった。通行人に呼びかける声が小さいのだ。隣に座る安田から「もっと元気よく」と励まされ、「おはようございます！」と一オクターブ上げたら、途端にテンションも上がり、あとはうるさいくらいになった。

康夫が一番心配したのは街頭演説だった。康夫が知る限り、これまで里美が人前で演説したことはない。昔はクラス委員だったとか、そんな話も聞いたことはない。平凡な主婦が、マイクを握って、自分の政策を市民に訴えかけるのだ。

主婦の家事が一段落した十一時頃を狙って、大型団地の入り口に選挙カーを停めた。狙うは高齢者と主婦層だ。ビールケースを逆さにして置き、両脇にのぼりを立てた。里美が登壇し、スピーチを開始する。道行く人は誰も立ち止まらなかった。すぐ横の公園では若いお母さんたちが子供を遊ばせているが、こちらを見ることもない。

「わたしには政治経験はありません。しかし合計して五年余りのボランティアを経験して、これではいけないと思い、立ち上がることにしました――」

里美が声を張り上げて演説する。スピーチ原稿は康夫が書いたものだった。相談を受けているうちに、自分が書いたほうが早いと引き受けることになった。里美が「さすがは作家」と見直してくれた原稿だ。しかし誰も聞いている様子はない。それどころか、「うるさい」と言わんばかりに顔をしかめたり、舌打ちする通行人もいた。もっとも康夫とて、これまでは選挙演説など聞いたことがなく、騒音公害としか思っていなかったのだから因果応報なのだが。

二十分ほど演説をしたが、反応はゼロだった。意気消沈しそうになるも、里美が「じゃあ次、行きましょう」と空元気を出し、みんなで明るく振る舞った。康夫も「きっと、家の中でみんな聞いててくれたよ」と里美とスタッフを励ました。

続いてスーパーに行った。敷地内には入れないので、歩道で里美が演説し、康夫たちがビラ配りをする。大半の客は受け取ってくれなかった。「結構です」と手を振るのならまだしも、迷惑そうに避けて通る人が多いのには、さすがに気持ちが折れそうになった。

商店街に行っても、駅前に行っても、同じことの繰り返しだった。手応えがまったく感じられない。まるで暗闇に向かってボールを投げ続けているようなものである。

そんなこんなで初日は散々だった。里美はスタッフを気遣い、笑顔をくずさなかったが、選挙事務所の空気は重かった。それぞれが、こんなはずではなかったという思いを抱いている。

里美は家に帰るとソファに倒れ込み、康夫が買っておいた弁当にも箸を付けなかった。

「勝てそうな気がしない」力なく声を発する。

「そんなこと言うな。みんながサポートしてるんだぞ」

康夫が叱咤《しった》した。

「わかってます」

「明日は堤防のランニングコースに行ってみよう。君が毎日走ってるところだから、知った顔もいるはずだし」

「そうね。やってみる」

なんとか気を取り直し、夫婦で弁当を食べた。息子たちは、今日が母親の選挙運動初日だと知っているはずだが、連絡はない。

翌日も選挙運動は盛り上がらず、空回りしている感は拭えなかった。反応がないというのは何と虚《むな》しいことか。康夫は新人作家の頃、新作を出しても書評にすら載らず、ファンレターの一通も来なかった頃のことを思い出した。人は無視されることが一番こたえるのだ。

三日目に、商店街で演説していたときは、自民党の現職の市議候補がやって来て、「あと十分で替わってください」と勝手なことを言われた。仕方なく譲ったところ、そこに二世の国会議員でハンサムな党青年局長が応援演説に現れ、一瞬にして凄い人だかりとなった。与党の力に圧倒され、康夫たちはそそくさとその場を離れたのだが、徒手空拳とはこのことかと惨めな思いをした。

さすがに里美もへこんだようだった。訴える声にも力がない。選挙運動の四日目、夕刻の帰宅時間に駅前で演説を始めようとしたとき、ビールケースに登壇しようとして、里美はよろけ、地面に尻もちをついた。苦笑して立ち上がるが、疲労の色が全身から滲《にじ》み出ていた。康夫はこのままでは負けるなと思った。なんとかしなければ――。

康夫の中でふつふつと使命感が湧き起こった。ここで妻を助けないと、夫の価値はないのではないか。自分はこの先も、妻と支え合って生きていく。作家の寿命はあと十年がいいところだろう。つぶしは効かない。きっと頑固な老人になる。だから妻だけでも人生を充実させて欲しい。半分は自分自身の逃避かもしれないが。

康夫は里美に歩み寄り、「おれにマイクを貸せ」と言った。

「えっ、何？」里美が何事かと目を丸くした。

「おれがしゃべる。応援演説だ。君は少し休んでろ」

「……うそでしょ？」信じられないらしく、今度は眉をひそめた。

すぐ横にいた安田が、「ほんとですか？」と顔をほころばせた。「大塚さん、ぜひお願いします。今わたしがアナウンスしますから」

安田がマイクを取り、駅前を行き交う人に呼び掛けた。

「みなさん、こちらは市議会議員候補・大塚里美です。大塚里美の夫は、はるな市在住のN木賞作家・大塚康夫さんです。ベストセラーになった《井端さん一家》シリーズはテレビドラマ化もされたので、みなさんご存知かと思います。今日はその夫が妻の応援に駆けつけました。それでは大塚康夫さん、お願いします」

康夫にマイクが手渡される。驚いたことに、何人かが安田のアナウンスに足を止めた。へえーという顔付きでこちらを見ている。

康夫はひとつ咳払いし、スピーチを始めた。

「みなさん、初めまして。わたしは作家の大塚康夫です。ここにいる大塚里美の夫であります。里美は結婚して二十余年、二人の子供を育て、夫の仕事を支え、ときにはパートタイムで働き、ずっと家庭を守って来ました。どこにでもいる平凡な主婦です。その平凡な主婦が今回、何を思ったか、市議会議員に立候補しました。一番驚いたのは、夫であるわたしでした――」

ＯＬらしき若い女がスマホのレンズを向けた。おれの写真を撮ってるのか？　康夫は意外に思った。隣の若い男女は「あれが作家の大塚康夫だって」と話し、指を差している。口の動きでわかった。

「おまえは何を考えてるんだ、政治は素人が出来るようなものじゃないぞ、主婦の生き甲斐探しで首を突っ込むのは市民に対しても失礼だろう。そう言って懇々と諭しました。――というのはうそで、内心思っただけです。言ったら喧嘩になります。夫婦喧嘩になると、大抵わたしが敗けます」

あちこちで笑いが起こった。おお、ウケている。康夫は体が熱くなった。何事かと人が足を止め、集団心理からあっという間に人垣が出来た。

「しかし、話を聞いているうちに、妻が真剣であることがわかりました。高齢者福祉のボランティア活動を続ける中で、いろいろな壁にぶち当たり、葛藤し、市政が改善すべき点を、妻は身をもって知ったのです。誰にとっても高齢者福祉は他人事じゃないんです。ここにいる方は大半が現役世代で、何十年も先のことだと思うかもしれません。しかし、親はどうですか？　介護が必要になったとき、みなさんは対応出来ますか？」

だんだん調子が出て来た。澱《よど》みなくしゃべる自分に、康夫自身が一番驚いている。視界の端では里美が口をポカンと開けていた。

「一介の主婦に何が出来るのかとお思いの方もいらっしゃるとは思います。しかし、地元の市政には市井の人の……これ、洒落ですけど通じましたか？　すいません、つまんない駄洒落で。個々の生活をサポートする市政には、市井の人の目線が必要なんです。みなさん、どうかわたしの妻を、市政に送り出してやってください。政治にすれてませんから、何でもやります。欲がないから、利権には絡みません。妻はみなさんの手足になれると思います。わたしからは以上です。ご清聴ありがとうございます。あ、まだ帰らないでくださいね。これから妻が少しだけ話をさせていただきますので、もうちょっと付き合ってやってください」

康夫はぺこりと頭を下げ、里美にマイクをバトンタッチした。何人かが拍手してくれた。

里美が演説を始めた。ビールケースに立つ。今度はしっかりとした足取りだった。

聴衆はまだ残っていてくれた。その中、中年の女がするすると康夫に近づいてきた。

「すいません。ファンなんです。そこの本屋で本を買って来るので、サインもらえませんか？」

「もちろん。よろこんで」

こんなところに読者がいた。康夫はにわかには信じられなかった。

もう一人、今度は若いＯＬがやって来た。「すいません、わたしもサインを」

「あ、はい。ぼくのこと知ってるの？」

「同じはるな市在住の作家と聞いて、何冊か読んでます」

康夫はうれしくて飛び跳ねそうになった。そうなのだ、自分もかつてはベストセラーを出したことのある作家だったのだ。そのことを忘れていた。

安田が握手を求めてきた。「ありがとう、大塚さん。凄い反応。今日で流れが変わる気がする」

「そうだといいですけど」

里美のスピーチは、これまでよりずっと生き生きしていた。スタッフの表情も一気に明るくなった。

その夜、選挙事務所で反省会をしながらおにぎりを食べていると、里美のスマートフォンに京都の恵介からのメールが着信した。

「あら珍しい」里美がメールを開く。一読して「えーっ」と声を上げた。

「おとうさん、今日のおとうさんの駅前演説、動画サイトにアップされてるって」

「なんだって？」康夫は驚いてむせ返った。

みんなで事務所のパソコンを取り囲んで見ると、確かに今日の演説がアップされていた。

「いったい誰が……」康夫は目を覆った。中年になった己の姿はあまり見たいものではない。

「何人かスマホで撮ってたから、その内の誰かでしょう。いいじゃないの、これ、凄い宣伝」安田は目を輝かせていた。

里美が恵介に電話をかけた。話によると、どうやら弟の洋介から知らされたらしい。もどかしいので電話を取り上げ、自分で聞いた。

「どういうことだ。なんで洋介が知ってるんだ」

「おとうさんのファンがいて、その人がツイッターで拡散したらしいよ。おとうさんはネット音痴だからわからないだろうけど、今はそうなってるの。情報があっという間に駆け巡る時代なわけ」

恵介の声を聞くのは正月以来だ。元気そうでなによりである。

「かっこよかったよ。友だちにもウケてた」

いつものとぼけた調子で、あははと笑っていた。

「おまえ、今度の日曜日、新幹線代出してやるから帰って来い。市議選の投票日だ。夜には当落がわかるから、おかあさんのそばにいろ。我が家のビッグイベントだ。いいな」

「うん、わかった」恵介が珍しく素直に従った。

「わざわざ帰って来なくてもいいのに」里美はそう言ったが、目尻は自然と下がっていた。週末、家族が久し振りに揃う——。

そこへ若い男がやって来た。名刺を差し出し、中央新聞の地元支局の記者だと言う。

「ネットで拝見したんですが、N木賞作家の大塚先生が奥さんの応援で街頭演説に立たれているということで、もしよろしければ、明日その様子を取材させていただけませんかね」

「ぜひお願いします！」

誰よりも早く安田が返事をした。康夫は目立つことが嫌いで、本来なら拒絶するところだが、例外として承諾することにした。今は里美のために何でもしたい気分なのである。記者の来訪にみんなが沸き立っている。

選挙戦の中盤で、いきなり追い風が吹き始めた感じだった。明日からの運動が活気づくことは間違いなかった。こうなると、なんとしても妻には当選して欲しい。

即日開票の投票日の夜、康夫は自宅で落ち着かない時間を過ごしていた。選挙事務所で支援者たちと一緒に結果を待つのかと思っていたが、通常、候補者は別の場所で待機することが多いらしい。もっともである。落選したとき、みんなの前でどんな顔をしていいかわからない。

恵介と洋介は、出前で取った寿司を食べながら、居間でテレビを観ていた。NHKの統一地方選挙の特番で、関東ローカルでは、はるな市の市議選結果も伝えるとのことであった。

里美は「散歩に行ってくる」と言って、フレディを連れて出かけてしまった。妻は一人になりたいのだろう。

康夫は自分と一緒だと、N木賞の選考会のときのことを思い出した。四回目の候補だったが、もう周りを落胆させるのが嫌で、その夜は一人で堤防を散歩していた。携帯電話に受賞の知らせが入り、走って家に戻ったのだ。

当選か落選か、康夫にはまるで予想がつかなかった。選挙運動は終盤に来て確かな手応えがあり、後援会は大いに盛り上がった。とりわけ中央新聞の地方版に、康夫が妻を応援している記事が写真入りで載ったことは、またとない宣伝だった。しかし選挙は蓋を開けてみないとわからないと、記者は言っていた。とくに新人で浮動票頼みの里美は、出口調査もあてにならないとのことだ。

「おとうさん、そろそろ当確が出始めてるよ」

タブレット端末をいじりながら恵介が言った。

「テレビよりネットの方が早い。中央新聞の支局ページが速報やってる」

洋介もソファに並んで座り、のぞき込んでいる。息子たちが肩を寄せ合う光景は何年振りのことか。双子だからやっぱり似ている。

「当選するといいね」

「おふくろが市議会議員ってかっこいいよね。そうなったら、うちって結構すげえ家族じゃん」

二人でしゃべり続けているのは、彼らも落ち着かないからだろう。

「当選したらロレックス」

「おれはオメガ」

「馬鹿。カシオのGショックだ」康夫が釘をさす。

息子たちは、一足先に二十歳になった地元の同級生たちに、「うちのおかあさんに入れて」と頼んで回ったらしい。感激した康夫は、「おかあさんが当選したらおまえらに腕時計を買ってやる」と気前のいい約束をしてしまったのである。

午後九時を回ると、当確の星印が一気に増えた。四十二ある議席のうちの半分がすでに埋まっている。開票率二〇パーセント足らずで、どうして当確が打てるのか、素人の康夫にはまるでわからないのだが、報道のプロがやっていることなので確かなのだろう。

「おとうさん、開票っていつ終了するの？」

「地方選だから早いだろう。十時過ぎにはほぼ決まるって聞いてたけど」

だんだん落ち着きがなくなった。康夫もじっとしているのが辛くなり、家の中をうろうろと歩き回った。

こんなことがいっぱいあったな、と康夫は思った。自分の文学賞候補、子供たちの受験、そして今度の妻の選挙。その都度みんなでそわそわしてきた。家族の証《あかし》がそれだとしたら、我が家はまずまずなのではないか——。いかん。回想するほど年寄りでもないのに。

居間のカーテンをつまみ、外を見た。今頃里美は何を考えて歩いているのか。自分に関してはいつも悲観的な妻だけに、心の準備はしているだろう。

落選したらどんな言葉をかければいいのか。里美のことだから、薄く微笑んで仕方がないと諦めるにちがいない。しかし康夫は、そんな妻の顔は見たくなかった。切なくて、自分の方が落ち込んでしまいそうだ。

「もう三十五も埋まっちゃったよ」

「残りはあと七つ。やべーんじゃねえの」

息子たちはずっとしゃべり続けていた。

「おれ、もうちょっと選挙運動手伝えばよかったな」

「おれも。言ってくれればビラ配りだってやったんだよ」

「あ、当確マークがついた。大塚里美、一八九二票」

そのとき恵介が言った。

「おとうさん、当確出たよ！」

洋介が振り返って大声を出す。一瞬、頭が真っ白になった。

「どこだ、どこだ」

康夫は慌てて駆け寄り、タブレットをのぞいた。名簿に記された《大塚里美》のところには、確かに赤い星マークがついていた。

「おーっ」声を上げ、父子三人で肩を叩き合った。体が震えた。

「おかあさんに電話、電話」

「待て。NHKの当確を待とう。一社じゃ不安だ」

「大丈夫だって。開票率九〇パーセントだよ」

「それでも万が一のことがあるだろう」

電話が鳴った。出ると安田の興奮した声が耳に飛び込んだ。

「当確出ました！　開票センターに詰めてるスタッフから今連絡がありました。里美さん、二千票超えの当選です。やりました！　おめでとうございます！」

「ほんとですね！」

「ほんと、ほんと。すぐに来て。みんな待ってます！」

「やったー！」

康夫は受話器を持ったまま万歳した。息子たちも居間で飛び跳ねている。

「おかあさんに電話するよ」と恵介。「おう、しろしろ」康夫が促す。

里美はすぐに電話に出た。

「おかあさん、当確出たよ。おめでとう」

「おめでとう。凄いじゃん。早く帰って来て」

息子たちが代わる代わる電話で祝福する。康夫も話した。

「おめでとう。よくやったね」

息子たちが興奮してまくしたてた分、静かに言った。

「ありがとう。これから戻ります」

里美は落ち着いていた。もちろん内心は安堵と歓喜に満ち溢れていることだろう。

「おとうさんのおかげ」

その一言を聞いたら、いきなり鼻の奥がツンときた。まずい。息子たちの前で泣くわけにはいかない。

電話を切り、里美を待つ。その間、里美の選挙運動中の姿が脳裏に浮かんだ。華奢《きゃしゃ》な体で走り回り、汗をかき、声を張り上げた。彼女には人生で一番の正念場だっただろう。また涙腺が緩みそうになる。

「やったな、ロレックスだよ」

「おれはグランドセイコーでもいいかな」

横では息子たちが、父親をからかうようなことを言っている。

外で犬の鳴き声がした。

「あ、フレディだ」

「帰って来た」

息子たちが玄関に駆けて行く。康夫もあとをついて行く。ドアが開き、フレディが先に飛び込んできた。そのうしろには笑顔の里美がいる。

息子たちが何か言っているが耳に入って来なかった。

康夫は、目に涙が滲んできたので、息子たちより前には出なかった。

解説

大矢博子

かれこれ十二年ほど前だったろうか、〈奥田英朗女性説〉が出たことがある。『ガール』（講談社文庫）に登場するアラサーの女性たちがびっくりするほどリアルで、いるいる、こういう子いる！　っていうか、あたし？　これあたしのこと？　こんな女の本音が男に書けるわけがない——というのが噂《うわさ》の発端だった。

だがそんなのはまだ序の口だったのだ。奥田英朗はその後もさらに、いろいろな環境にあるいろいろな人をつぶさに描き出し、そのたびに読者を驚かせてきた。なぜそんなに人の気持ちがわかるのか、と。

奥田英朗は一九九七年、盂蘭盆《うらぼん》とジョン・レノンをモチーフにしたファンタジックな小説『ウランバーナの森』（講談社文庫）でデビュー。ところが次に上梓《じょうし》したのは一転、手に汗握るノンストップ・サスペンスの『最悪』『邪魔』（同）だった。その『邪魔』で大藪春彦《おおやぶはるひこ》賞を受賞したかと思えば、笑いと風刺に満ちたユーモア小説『イン・ザ・プール』（文春文庫）をヒットさせ、シリーズ第二作『空中ブランコ』（同）で直木賞を受賞。ユーモア小説の印象が定着したタイミングで、骨太で硬派なミステリ『オリンピックの身代金』（角川文庫・講談社文庫）で吉川英治文学賞受賞。かと思えば軽妙洒脱《しゃだつ》なスポーツエッセイで別ジャンルのファンを摑《つか》み……とまあ、次から次へとさまざまな顔を見せてくるのには驚きを通り越して感嘆しかない。

それほど幅広い作風を誇る著者だが、その中でも、最も奥田英朗という作家の姿勢が表れているのが『家日和』『我が家の問題』（集英社文庫）そして本書『我が家のヒミツ』のシリーズだと私は考えている。

このシリーズは短編集で、夫婦や親子、あるいはそれらを含む家族の姿を描いている。ユーモラスで、ちょっぴり切なくて、そして温かい。その温かさは、作品に描かれる人々の造形と、それを見つめる著者の視線から生まれたものだ。

ひとつずつ見ていこう。

「虫歯とピアニスト」の三十一歳の小松崎敦美《こまつざきあつみ》。彼女の悩みは、子どもができないことに対する姑《しゅうとめ》からのプレッシャーだ。敦美自身は、できないのなら仕方がないと思っているのだが、親はそうではなく、何より夫がどう考えているのか確かめる勇気が出ない。

「正雄の秋」は五十三歳のサラリーマン、植村正雄《うえむらまさお》。社内での出世競争に敗れた彼は、これからの生活のビジョンが描けない。

「アンナの十二月」は、母と離婚した実の父に十六歳のアンナが会いに行く話。今の父とはまったく違う、セレブでイケメンの実父にアンナは夢中になる。

「手紙に乗せて」は、母の死をきっかけに実家に戻った社会人二年目の亨《とおる》が、憔悴《しょうすい》した父親に驚く場面で始まる。食も細り、心配だがどうすればいいのかわからない。

「妊婦と隣人」の松坂葉子《まつざかようこ》は産休中の三十二歳。隣に越してきた謎めいた夫婦が気になって仕方ない。どうも怪しいのだが、夫は退屈が生んだ妄想だと取り合わない。

そして掉尾《ちょうび》を飾る「妻と選挙」は、『家日和』の「妻と玄米御飯」、『我が家の問題』の「妻とマラソン」に続く大塚《おおつか》家の物語だ。作家・大塚康夫《やすお》の妻・里美《さとみ》はこれまでも売れっ子作家の夫の影で自分の居場所を摸索《もさく》しており、ロハスやマラソンにはまってきた。そして今回はついに市会議員へ立候補すると言い出す。

こうして並べてみると、見事に年齢も環境も性格も異なる人々を主人公に据えていることがおわかりいただけるだろう。それだけバラバラの人を描きながら、どれも「ああ、わかる……」とため息をついてしまうくらいリアルなことに、きっと驚かれるに違いない。

そのリアリティの源は細部の描写にある。たとえば出世が閉ざされた「正雄の秋」の正雄。彼の気持ちを、著者はさまざまな状況で描き出す。蕎麦屋《そばや》に入り、店主を見て「彼には海外出張も、胃の痛くなる交渉も、社内表彰もない。自分が彼の立場なら、退屈で死んでしまうだろう」と考える。昼間から蕎麦屋にいる中年の地元民を「凡人」と見下す。そんな考えは傲慢だと理性ではわかっているが、止まらない。書店に行けばビジネス書がもう自分には必要ないという事実に打ちのめされる。「司馬遼太郎《しばりょうたろう》だって避けたい気分」というのが巧《うま》い。司馬遼太郎が描く歴史上の人物の出世譚《たん》は、以前、サラリーマンのバイブルとされていたのだ。また、家庭菜園が趣味の知り合いの夫婦に会い、そんな小さな達成感で自分も満足できるようになるのかと考え込んだり、心配する妻の言葉に素直に従えなかったり。

こうした具体的なディテールの積み重ねが正雄という人物を浮き彫りにしていく。と同時に、似たような経験が自分にもある、ということに読者は気づくだろう。たとえば受験に失敗したとき。たとえば失恋したとき。たとえば何かで友人に先を越されたとき。世の中のすべてを自意識と敗北感のフィルターを通して見てしまう、そんな経験は多かれ少なかれきっと誰にでもある。誰にでもあるからこそ、読者はサラリーマンでも男でもなくても、正雄の気持ちが手に取るようにわかるのだ。

冒頭で、奥田英朗は「なぜそんなに人の気持ちがわかるのか」と書いた。実際は逆だ。細やかなディテールを重ねることにより、読者を登場人物の気持ちに入り込ませているのである。アンナが舞い上がり調子に乗る描写も、周囲が他人の不幸を忘れるスピードの速さに亨が驚く様子も、具体的なエピソードを細やかに描くことで読者が彼らの気持ちを自分に重ね合わせるのりしろを作る。これが奥田英朗の腕なのだ。

何より、そこには人を愛《いと》おしむ温かい視線がある。やさぐれてしまった正雄も、調子に乗って親を悲しませたアンナも、亨の気持ちを理解しない同僚も、奥田英朗は決して否定しない。そういうことはあるし、そうなる事情がそれぞれあるよね、とすくい上げる。それは登場人物に感情移入した読者にとっても、否定されなかった、わかってもらえたという安心につながる。だからこのシリーズは、たとえ悲しい出来事が書かれていたとしても、読んでいてとても気持ちがいいのである。

リアルなのは人物描写だけではない。それぞれの家族が向き合う問題が、どの家庭に起きても不思議はないごくごく身近なことばかりである点に注目。子どもを求められることのプレッシャー、仕事以外の人生を見出《みいだ》せない状況、なさぬ仲の親子、伴侶を失う悲しみ。ありふれた問題ばかりだ。

だがいかにありふれていても、その人にとっては、あるいはその家族にとっては、とても大きな問題であり、それとどう向き合うかは家族によってまったく違う。その、どう向き合っていくか、という点が本書の最大のポイントである。

本書では、映画のようなドラマティックな逆転はない。子どもができないことに悩んだ敦美が憧れのピアニストと不倫に走って失楽園に逃避行することもないし、出世競争に敗れた正雄がライバルの不祥事を暴いて倍返しすることもない。むしろ事態は最後まで何も変わらない。その中で、悩んだり不満でいっぱいになったり落ち込んだりしながら、それを受け止め、折り合いをつけ、気持ちを切り替えるまでの物語なのである。

受け止め、折り合いをつけ、切り替える。それは、失楽園も倍返しもできない大多数の庶民にとって、最も現実的で最も効果的な打開策と言っていい。

そうしていざ折り合いをつけることができれば、どうしようもないと思われていたことでも、案外大丈夫なんじゃないかなということに気がつく。だからどの物語も温かく清々《すがすが》しいのだ。

ここで大事なのは、主人公以外の人の存在だ。ひとつは家族。敦美の夫や正雄の妻が、主人公にどう接したかをご覧いただきたい。また、家族以外の存在もある。亨の上司、アンナの同級生、敦美にとってのピアニストがそれだ。同じような体験をした人、別の立場から話をしてくれる人。嫌な奴《やつ》や合わない奴もいるけれど、そんな人にも考えや事情や背景があることを知る。そんな他者の存在が、主人公を少しずつ解きほぐしていく。

これは我が家の問題だけど、そんな我が家はいたるところにあって、どの我が家も泣いたり笑ったりしながら折り合いをつけ、切り替えて、今日を大事にしようとしている。誰もが何かを抱えながら、別の誰かを助けている。一生懸命だけどどこか滑稽だったり、同情するけど同時に笑えたり、決めたつもりがなぜかカッコ悪かったりしながら、私たちは生きている。そんな多くの〈我が家〉の、なんと愛おしいことか！

バラエティに富んだ設定とリアルな登場人物、身近なテーマ、そして人というものを愛おしむ視線。それらをまるごとユーモアでくるんだこのシリーズはさまざまな状況にいる読者の気持ちをほどいて励ましてくれる応援歌であり、ささやかにしておおらかな人間讃歌《さんか》なのである。

（おおや・ひろこ　文芸評論家）

初出「小説すばる」

虫歯とピアニスト	2013年5月号
正雄の秋	2014年11月号
アンナの十二月	2014年1月号
手紙に乗せて	2015年1月号
妊婦と隣人	2012年11月号
妻と選挙	2015年7月号

本書は、2015年9月、集英社より刊行されました。

集英社文庫

我《わ》が家《や》のヒミツ

2018年6月30日　第1刷　　定価はカバーに表示してあります。

著　者　奥田英朗《おくだひでお》

発行者　村田登志江

発行所　株式会社　集英社
東京都千代田区一ツ橋2-5-10　〒101-8050
電話　【編集部】03-3230-6095
【読者係】03-3230-6080
【販売部】03-3230-6393(書店専用)

印　刷　凸版印刷株式会社

製　本　凸版印刷株式会社

フォーマットデザイン　アリヤマデザインストア　　マークデザイン　居山浩二

ISBN978-4-08-745749-0 C0193